祈念之樹

守護之心

クスノキの女神

ひがしの けいご

東野圭吾

王蘊潔 譯

1

玲斗拿著掃帚在鳥居周圍打掃時，全身冒著汗。雖然才五月，但是在太陽底下還是覺得有點熱，可以說深切地感受到地球的暖化。他停下手，思考著差不多該換上夏天的工作服，這時，他看到有三個孩子走上石階。

雖說三個人都是孩子，但年紀有很大的落差。最年長的女孩穿著本地高中的制服，和她一起的男孩可能就讀小學高年級，另一名小女孩則比男孩年紀更小。三個人的手上都各拎著一個紙袋。

「你好。」女高中生向玲斗打招呼。她的臉很小，眼睛很大，如果去參加偶像甄選，絕對可以進入決賽。玲斗在心中很快打了分數，同時回答：「妳好。」

「請問你是神社的人，對嗎？」女高中生問。

「是啊，有什麼事嗎？」

「有一件事想要拜託你，我可以把刺繡放在這裡嗎？」

「刺繡？」

玲斗腦海中浮現花卉圖案的刺繡。為什麼要把刺繡放在神社？

女高中生從手上拎著的紙袋中拿出一本薄薄的書說：「就是這個。」

玲斗把掃帚靠在鳥居上，接過那本書。與其說是書，不如稱為小冊子更恰當，而且是手工製的小冊子，用印表機列印在A4紙上後，再以訂書機裝訂。封面畫著一棵巨大的樹木，題名是『喂，樟樹』，如此說來，那棵巨樹應該代表樟樹。作者名是『早川佑紀奈』。

玲斗翻閱後恍然大悟。原來她剛才說的不是刺繡，而是詩集[1]。

「妳就是早川佑紀奈嗎？」

「是的。」女高中生回答，「最後一頁有我的簡介。」

玲斗翻開最後一頁，上面有她的名字和生日，根據簡介的內容，她目前十七歲。高中三年級啊。封面的畫似乎同樣出自她本人之手。

「妳想放在哪裡？」

「放在哪裡都可以，最好可以放在顯眼的地方，我希望可以和護身符、符令之類的放在一起。」

玲斗聽到這句話，才終於察覺他們的目的。

「妳的意思是，想在這裡寄賣這本詩集嗎？」

「是的。」佑紀奈點頭。她身旁的男孩和女孩都雙眼發亮，抬頭看著玲斗。

「誰負責販售呢？該不會是要我來賣？」

「只要放在這裡就好，旁邊放一個收費箱，想要買的人就把錢放進去。」

男孩從紙袋裡拿出一個盒子。那是一個紙盒，開了一個細長的小孔，似乎是投硬幣的孔。上面用麥克筆寫著『詩集的費用』幾個字。

玲斗看看小冊子的封底，發現上面印著『兩百圓』三個小字。誰會花兩百圓買這種廉價的小冊子？雖然玲斗這麼想，但還是問他們：「到時候由誰、什麼時候來這裡收錢？」

「我或是弟弟會來收錢，只是沒辦法每天都過來。」

「拜託了。」男孩舉起手請託。他的兩道濃眉顯示他個性很頑固。

年幼的女孩拉拉女高中生的裙子。

❶「刺繡」與「詩集」日文讀音相同。

「啊，對了，」佑紀奈從女孩拎的紙袋中拿出小筆記本。「我想把這個放在詩集旁。」

「這是什麼？」玲斗接過筆記本，看著封面，上面寫著『感想筆記』幾個字。

「我希望看了詩集的人可以寫下感想。」

「喔，這樣啊……」玲斗右手拿著詩集，左手拿著感想筆記愣在那裡。

「那麼，詩集可以放在這裡嗎？」佑紀奈問，「這家神社的樟樹遠近馳名，我覺得這本詩集很適合作為伴手禮。」

「伴手禮喔……」玲斗思考後，看著他們。「有些狀況我要事先說明，你們可以跟我來一下嗎？」

「什麼事？」

「來了就知道。」

玲斗帶著姊弟三人回到社務所。雖然美其名為社務所，但其實只是一間小房子，有出入口和窗戶，但完全沒有陳列商品的貨架。

「這家神社沒有賣護身符，也沒有賣符令。你們去神殿前看一下就知道，甚至沒有功德箱。很抱歉，就算我想要幫忙，也沒地方放你們的詩集。」

佑紀奈皺起兩道形狀漂亮的眉毛，「果然是這樣啊……」

「我不是說過了嗎？」男孩抬頭看著姊姊，嘟起嘴。「不能找這種破舊的神社，我從來沒有看過這家神社賣過什麼東西。」

「這家神社這麼破舊真是不好意思啊。」玲斗瞪著男孩。

「能不能通融一下？只要讓我放在這裡就好，拜託。」

佑紀奈鞠躬說道，她的弟弟跟著鞠躬。看起來像他們妹妹的女孩並沒有一起鞠躬，但眼神悲傷，目不轉睛地注視著玲斗。

「真是被打敗了。」玲斗嘀咕著，抓抓眉毛上緣。「你們打算放幾本？」

佑紀奈興奮地抬起頭，對他嫣然一笑。「可以嗎？」

「不能放太多，否則我顧不了。」

「五十本左右呢？」

「太多了，各退一步，二十本就好。」

「謝謝。」佑紀奈把手伸進紙袋，拿出詩集。

玲斗接過詩集和感想筆記本，男孩把紙盒做的收費箱遞到他面前。

「不好意思，這個你帶回去吧。」玲斗說，「不會有人順手牽羊偷詩集，但裝了現金的盒子就另當別論，收費箱的事我另外想辦法。」

「會不會太麻煩你？」佑紀奈擔心地問。

「沒辦法啊，誰叫我誤上賊船呢？」

「謝謝。」佑紀奈再次鞠躬。這次那名女孩跟著鞠躬，但不知道是不是因為親手製作的收費箱沒有被採用，弟弟一臉不服氣。

玲斗詢問他們的聯絡方式，發現他們就住在附近。佑紀奈已經是高中生，所以有手機可以聯絡。

他們離開後，玲斗在社務所的儲藏室內翻找了一會兒，找出壞掉的桌椅。他稍微加工，做成差不多齊腰高度的小販售台。雖然東拼西湊的痕跡太過明顯，很不想放在社務所門口，但只能硬著頭皮忍耐。

他又順手製作了收費箱。剛好有一個寬三十公分左右，附有蓋子的壓克力箱子，於是他改造成可以上鎖的收費箱。只要在蓋子上鑿出可以投入硬幣的口就大功告成了，但是他擔心有人將整個收費箱拿走，左思右想之後，最後用螺絲把收費箱鎖在販售台上，應該不至於有人把販售台一起搬走。

他把詩集放在收費箱旁，隨手拿起一本。他正準備走回社務所時突然想到，於是拿出皮夾，在收費箱內投入兩枚一百圓的硬幣。

2

喂，樟樹，
我千里迢迢來看你了。
我翻山越嶺，飄洋過海，穿越沙漠，來這裡看你了。
沒想到你竟然神氣活現地站在那裡。
你為什麼這麼神氣？
是因為你很大嗎？
還是因為你長得很高？
那我要長得更高更大，
雖然個子很矮，但夢想可以很偉大。
夢想會越來越大，變成天上的雲，
我夢想的雲可以遮住照耀你的太陽，

也可以降下滋潤大地的甘霖。
沒錯，我無所不能。
喂，樟樹，
我千里迢迢來看你，
就是為了告訴你這些事。
喂，樟樹，
你想繼續聽我的故事嗎？
只要你想聽，我就說給你聽。

低頭看詩集的千舟抬起頭，右側眉毛微微一動。「這樣啊，原來有這樣的事。」
「對不起，我擅自作主了。應該要徵求妳的意見比較好。」玲斗聳聳肩，並沒有放下手上的筷子。
千舟把詩集放在桌上，搖搖頭。
「沒必要，社務所由你負責管理，只要你認為沒問題就好。」

「太好了，那我就放心了。」玲斗放下筷子，伸手拿起詩集。「妳覺得這本詩集怎麼樣？」

「我看不懂詩的好壞，但是看年輕人表達自己想法的文字，心情就很好，你明天帶一本回來給我。」

「這樣啊，那這本就送妳，」玲斗把詩集遞到千舟面前，「我已經看過了。」

千舟看看詩集，又看著玲斗的臉。「可以嗎？」

「當然沒問題。」

「是嗎？那我就不客氣了。」

千舟把詩集放在一旁，拿起原本放在旁邊的黃色封面記事本和原子筆開始記錄。也許她會在記事本上寫下玲斗送她詩集這件事。

千舟罹患了MCI——輕度認知功能障礙，雖然目前還不影響日常生活，但會不時出現失去某段記憶的狀況。她知道自己有這樣的障礙，因此盡可能記錄下自己周遭發生的事。黃色記事本是她的行動紀錄筆記，隨時都帶在身上。

玲斗拿起筷子繼續吃飯。今天的晚餐是烤魚和燉蔬菜。千舟的廚藝很好，煮的菜都很好吃。玲斗以前都吃便利商店的便當和定食屋的特惠套餐，如今能夠吃到家常料理，感激得幾乎都要流淚了。

兩個月前，玲斗每天都住在月鄉神社的社務所。千舟的輕度認知功能障礙雖然惡化緩慢，但病程確實仍持續進展，因此他目前搬來柳澤家生活，以防萬一。玲斗住在柳澤家三餐不愁，還可以每天晚上都泡澡，對他來說，完全佔盡好處，但每個月都有幾次必須深夜回家，或是住在社務所內。不用說，當然是為了完成樟樹守護人的工作。

3

早川佑紀奈三姊弟第一次來到神社至今，差不多已經有一個月。這一陣子天氣都很炎熱，社務所內有一台舊型冷氣，最近每天都大發神威。

玲斗的預料完全正確，詩集根本賣不出去。放在社務所前販售台上的小冊子，無論什麼時候數，都是十九本。也就是說，從頭到尾只賣出一本，就是玲斗送給千舟的那一本。佑紀奈和她弟弟起初每隔兩三天就輪流來神社，最近可能充分體認到現實的殘酷，這一陣子都沒有現身。

賣不出去很正常。玲斗心想。畢竟來月鄉神社參拜的香客並不多，本地人只覺得神社的院落是很方便的空地，即便偶爾有人慕樟樹的名而來，也不可能買這種廉價小冊子作為伴手禮。

沒想到有一天，當他在院落角落拔草時，看到一個穿著夏威夷襯衫的中年男人拿起了詩集。玲斗以前沒有看過他，但並不像是觀光客。男人就站在販售台旁，玲斗離他有點遠，看不太清楚，但男人好像在閱讀詩集。

不一會兒，男人離開販售台，手上拿著詩集。他把詩集對折後，塞進屁股後方的口袋。

玲斗站起身。他不知道男人有沒有把錢投進箱子，必須去確認一下。

他快步走回社務所，看了眼販售台上的收費箱。箱子是透明壓克力材質，不需要打開就能看清箱子內部。果然不出所料，箱子仍然是空的。

保險起見，他清點詩集的數量，只剩下十八本。

玲斗立刻衝出去，只要跑快一點，應該可以追上那男人。

男人正走下石階，臀部後方的口袋裡插了那本折起的詩集。

「喂，你別走。」玲斗抓住男人的肩膀。

男人大吃一驚，轉頭看著他，周圍都是鬍碴的嘴微微張著。

「你是不是拿了詩集？那就要付錢啊。」

啊！男人一臉尷尬，似乎驚覺被人看到了。

玲斗拿出男人放在後方口袋裡的詩集，然後把男人推倒在石階上。

「這個啊，就是這個，」玲斗把詩集放在男人面前，「你要付這本詩集的錢。」

「啊，今天、該怎麼說……我剛好身上沒帶錢。」男人語無倫次地辯解著。

「少糊弄我，一個大人怎麼可能連兩百圓都沒有？你把錢包拿出來給我看！」

玲斗把手繞到男人長褲後方，摸到口袋裡有皮夾，立刻拿了出來。黑色的皮夾很舊，角落已然破損。

打開皮夾一看，裡面完全沒有紙鈔，零錢袋裡只有六百多圓。

「看吧。」男人自嘲般輕輕一笑，「我沒騙你吧？」

「但是，付兩百圓綽綽有餘。那我就收下了。」

「不，請饒了我，」男人搶回皮夾，「我要靠這些錢撐過今天和明天，四百圓太少了。」

「這不關我的事，既然你沒錢，為什麼要拿詩集？」

「那就還你啊，還給你不就好了嗎？」

「開什麼玩笑！你自己看，你剛才折起來，已經留下折痕。」玲斗再次把詩集遞到男人的鼻子前，「已經不能再賣給別人，你必須賠償。」

「不要欺人太甚。」男人撥開玲斗的手。

玲斗原本拿在手上的詩集被打落，沿著石階滑落。

「你這傢伙，到底想怎樣！」玲斗說話的同時，看著詩集滑落的方向，隨後嚇了一跳。佑紀奈正從下方走上來。

她撿起詩集，走到玲斗他們面前問：「怎麼了？」

「妳來得正好，這個大叔拿了詩集就想走人，我正在要求他付錢——喂，大叔，她就是詩集的作者，你先向她道歉。」

「喔，這樣啊。小妹妹，真是對不起啊。我只是一時鬼迷心竅，我把詩集還給妳，妳可不可以放我一馬？說起來很丟臉，我身上沒什麼錢，付不出兩百圓。」男人皺起一張臉，雙手在臉前如切菜般上下擺動著拜託。

「廢話少說，你有沒有錢都不關她的事，趕快把皮夾拿過來。」

「為什麼？」佑紀奈問，「你為什麼要拿詩集？」

男人先是不知所措，之後撇著嘴角。

「不是啦，我這一陣子都沒工作，身無分文，真的很對不起。」

佑紀奈搖搖頭。

「我不是問你不付錢的理由，而是問你為什麼想把詩集帶回家。」

「這是、嗯，因為我想要啊。我拿起來隨手翻了一下，很想再好好細讀，就想說帶回去看……」

「你說什麼？這不就代表你一開始就沒打算付錢嗎？」玲斗一把抓住男人的胸口痛斥著。

「如果我有錢，當然會付啊，但不就是因為沒錢嗎？我也是不得已啊。」

「你明明有錢，不是有六百圓嗎？」

「我不是說了嗎？四百圓沒辦法撐兩天。」

「不會啊，你可以去買豆芽菜，一百圓就可以買一大堆。」

「你叫我兩天只吃豆芽菜嗎？太殘忍了吧。」

「廢話少說，小偷沒資格奢侈。」

「呃，」佑紀奈打斷玲斗，「請你放開他。」

「啊？」玲斗抬頭看著她，「妳是對我說嗎？」

「是的。請放開他。」

「為什麼？」

「沒關係，你放開他。」

「真的沒關係嗎？」

「對。」她點點頭。玲斗完全無法理解，但還是放開了男人。

「真是不好意思啊。」男人站起身，拍拍臀上的灰塵。

佑紀奈走向男人，把詩集遞到他面前。「你帶回家吧。」

「啊？」男人不知所措地瞪大眼睛。

「你想到的時候再付錢就好。」

「真的嗎？」

「真的。我希望給想看的人看。」

「是嗎？啊呀，真是不好意思啊。」男人接過詩集。

「但是，可以請你寫感想嗎？很簡短也沒關係。」

「好，我會寫，包在我身上。」

「不不不，這怎麼行？」玲斗提出異議，「他不可能來付錢，絕對會賴帳。」

「我會付，等我手頭寬裕一點的時候一定會付，我保證。」

雖然男人語氣堅定，但玲斗根本不相信他。區區兩百圓，哪裡扯得上手頭緊不緊的問題。

「我剛才看到你的皮夾裡有駕照，你把駕照拿出來。」

「駕照？你要幹嘛？」

「廢話少說，拿出來就是了。」玲斗在說話的同時，從懷裡拿出手機。

男人不甘不願地拿出駕照。玲斗一把搶來，用手機拍下。

「啊！你要幹嘛？」

「我現在知道你的身分了，如果你敢賴帳，就別怪我不客氣。」

「我才不會呢，你這個年輕人真是得理不饒人。」男人皺著眉頭，拿回駕照，把皮夾放回口袋，走下石階。

玲斗目送著男人離去的背影問佑紀奈：「這樣真的好嗎？」

「沒關係。雖然我想要賺錢，但覺得讓想看的人看到我的詩集更重要。」佑紀奈嫣然一笑。

這應該就是所謂天使的笑容。玲斗想道。

晚上吃飯時，玲斗將此事說給千舟聽。

「拿了詩集但沒付錢就想跑？竟然有人做出這種摳門的事？到底是誰啊？」

「說了名字，應該也不會知道他是誰吧。」玲斗找出手機拍下的駕照，姓名欄內寫著久米田康作的名字。「是不是唸『久米田康作』？地址不是在這附近，在足立區。」

「久米田？你給我看一下。」

千舟戴上老花眼鏡，接過玲斗遞來的手機。她一看手機螢幕，立刻發出「啊啊」的感嘆。

「我就知道。是松子的兒子。」

「松子是誰？」

「久米田松子。是我的小學同學。」

「啊？小學同學？妳的小學同學？」玲斗忍不住大聲問道。

「你這孩子真沒禮貌，需要這麼驚訝嗎？我當然也有小學時代啊。」

千舟說，久米田松子的家就在她上學的路上，以前同班的時候經常一起去上學。

「原來有這種事，松子的兒子做出了這種事……雖然之前有聽到一些傳聞，現在看來是真有其事。」

「什麼傳聞？」

「不是什麼有趣的事，你聽了也沒用。」千舟將手機還給玲斗。

「沒關係，我想知道。」

「真是拿你沒辦法，」千舟嘆著氣說，然後拿起茶杯。「久米田家以前是這一帶很有名的木材商，松子是獨生女，結婚時招贅。但是在她老公過世後，家裡的生意就一落千丈，最後還是關門了。那大概是十年前的事了吧。總之，雖然順利支付離職金給員工，一切都圓滿解決，但還有一個問題，那就是她的兒子康作。他原本頂著副社長的頭銜耀武揚威，如今突然變成了平民百姓。雖然松子靠關係，安排他進了關係企業，但康作以前根本沒有實質工作經驗，完全無法勝任。如果他願意學，情況可能會不一樣，但他沒辦法吃苦耐勞，很快就辭職不幹。幾次之後，松子終於火冒三丈，把康作趕出家門，之後完全不知道他在外面過什麼樣的生活，但半年前，松子又把康作叫回家裡。因為康作的生活太落魄，松子於心不忍。聽說康作目前仍然沒有穩定的工作，整天遊手好閒，沒想到淪落到這種地步。松子一定很頭痛。」

「妳最近沒有和松子見面嗎？」

「沒有，最後一次見面是……我忘了是什麼時候。」

玲斗看到千舟歪著頭思考，忍不住後悔。自己問有輕度認知功能障礙的千舟這個問題似乎太殘酷了。

4

新月那天中午過後，玲斗聽說附近發生強盜傷害案。他打開手機，連上網路，想查一下天氣預報，剛好看到那則新聞。

根據新聞內容，案件發生在昨天。被害人是住在本地的企業家森部俊彥，案發現場的春川町是這一帶最高級的住宅區。森部太太在傍晚返家時，發現丈夫頭部流血，倒在一樓客廳，於是急忙叫來救護車，並通報警方。家中的現金不翼而飛，警方認為是強盜致傷案件展開調查，幸好森部並沒有生命危險。

沒想到原來在這種鄉下地方，也會發生這麼可怕的案件，這點讓玲斗很意外。

至於他關心的天氣預報顯示，目前雖然是晴天，但雲層會漸漸聚集，晚上會下雨。不知道是否已經進入梅雨季節，這一陣子經常下雨。

希望晚上的雨不要下得太大。玲斗在擦燭台時想。今晚是新月，一位坂上先生預約了祈念。如果下起傾盆大雨，就算待在樟樹內也仍然會被雨淋到，而且地上還會積水。

咚咚。玲斗聽到有人敲窗戶玻璃的聲音，轉頭一看，身穿T恤的男孩探頭張望著。他是佑紀奈的弟弟翔太。

玲斗打開門。

「你看收費箱應該就知道，很遺憾，一本都沒賣出去。」

「嗯，好像是這樣。」翔太瞥了壓克力箱一眼，但他說話的語氣並沒有很沉重。「放在這種地方果然賣不出去。」

「不好意思啊，這裡不是你理想中的地方。難道你要責怪是因為地點不佳，才會導致詩集滯銷嗎？」

「難道不是嗎？」

「偶爾有人會拿起來看一下，但都沒有掏錢買下就放回去了。雖然我不願意說這種話，但是沒有人會花兩百圓買這種詩集。我不是說內容不好，每一首詩都很棒，只不過太——該怎麼說……」

翔太瞪著他說：「你是不是想說很粗糙？」

「嗯，是啊，畢竟只是用釘書機把列印的紙釘起來而已。」

「但是，只要方法正確，就有人會買。」

「喔？是什麼方法？」

「最近姊姊都在車站附近這種人多的地方兜售，主動向感覺願意買的人推銷，每天可以賣出十本左右，甚至有時候可以賣二十本。」

「真的假的？」玲斗說完後便改變想法，點點頭。「的確有可能。遇到那麼漂亮的女生上前兜售，恐怕很難拒絕。原來如此，可以主動兜售啊，原來還有這種方法。」

如果是這樣，兩百圓或許算是合理價，就像是募款。玲斗心想。

「所以，」翔太指著堆在販售台上的詩集說，「我們覺得剩下的這些也可以用這種方式賣掉，我們之前做的幾乎都賣光了，現在想來拿回去。」

「你們總共做了幾本？」

「三百本。」

玲斗忍不住向後仰。

「幾乎全賣光了嗎？好厲害，既然這樣，你就拿回去賣啊。」

「你還特地費心為我們做了販售台和收費箱，覺得有點不好意思。」

「不用在意，反正原本就是廢物利用。」

翔太抱起堆在販售台上的詩集。總共有十八本。

「我給你一個紙袋，你裝在紙袋裡拿回去。」

走進社務所，翔太好奇地打量室內，然後指著桌上問：「這是什麼？」

「燭台，用來放蠟燭的。」玲斗在回答的同時，把紙袋交給男孩。

「什麼時候使用？」

「祈念的時候用，但你可能聽不懂。就是在樟樹內進行祈願儀式時使用。」

「我聽姊姊說過，只要向月鄉神社的樟樹祈願，願望就會實現，但這是迷信吧？」

這個問題很難回答。

「的確有這樣的傳說。」

「學校的老師曾經說，傳說就像是求籤或是占卜，只要相信對自己有利的內容就好。但是，如果真的能夠實現願望，不知道該有多好，不管是樟樹還是其他的東西，我都會努力祈求。」翔太把詩集放進紙袋時說。

「你要祈求什麼？」

「很多啊，首先要祈求媽媽身體好起來。」
「媽媽生病了嗎？」
「嗯，腦脊髓液滲漏。」
「你說什麼？」
「腦脊髓液滲漏。」翔太重複道。玲斗在手機上輸入這幾個字的讀音，發現原來是腦脊髓液滲漏。
「上面寫著主要症狀是頭痛和暈眩。」
「嗯，媽媽經常說她頭痛，如果站太久，就會頭暈目眩，沒辦法工作了，她以前是護理師。」
「那真的很辛苦。你爸爸呢？」
「六年前工作時意外過世了。在工地現場的鷹架倒塌。但其實我記不太清楚了。」
「那你家現在的收入來源呢？」
「公司的賠償金，還有爸爸的年金和保險，公所會發一些錢，可以勉強生活，但老實說很吃力，而且媽媽看病很花錢，所以我們決定製作這個賣錢。」翔太拍拍紙袋，「我們沒錢請人印刷，只能自己動手做。附近有一家文具店老闆人很好，用便宜的價格賣紙給我們。雖然我們知道看起來很粗糙，但已經盡力了。」

玲斗聽到男孩的話後，感到胸口發悶。原本以為自己吃過不少苦，但和這幾個孩子相比，自己的生活可說是豐衣足食。

「那我走了。」翔太拎起紙袋。

「等一下。」玲斗從皮夾裡拿出一千圓，「你留五本下來。」

翔太眨了好幾次眼睛後，眉開眼笑。

「謝謝，但是你不必同情我們，不需要這樣。」說完，他從紙袋中拿出詩集。

「不是同情，是支持。加油。」

「謝謝。」翔太接過了一千圓。

晚上十點過後，玲斗走出社務所，雙手手心朝上，但是額頭比手掌更早感受到水滴。最近的天氣預報都很準。根據天氣預報的詳細內容，雖然雨不會下得很大，但會一直下到早上。

他抬頭看著天空，發現天空中烏雲密佈，完全沒有任何星星。

他走回屋簷下，看著昏暗的院落，發現有光影移動。有人撐著塑膠雨傘走來。是一個身材微胖的男人，男人拿著手電筒，雖然身穿西裝，但沒有繫領帶。

「你好。」男人走向玲斗，關掉手電筒，年紀大約六十多歲。

「請問是坂上先生嗎？」玲斗問。

「是。」

「我正在恭候大駕，請稍等一下。」

玲斗走進社務所，拿起放在桌上的紙袋，回到坂上面前。

「預約時說要準備兩個小時用的蠟燭，沒錯吧？」

「是的，沒錯。」

「已經準備好了，裡面有火柴，請千萬小心火燭。」玲斗把紙袋遞給坂上。

坂上打開手電筒，同時握著紙袋的提把。

「請問你知道樟樹的地點和祈念的步驟嗎？」

「我知道，柳澤女士說明過了。」

「我明白了，那就請你小心慢走，衷心期望樟樹可以接收到你的心願。」

「謝謝。」

坂上點點頭，邁開腳步。他的步伐沒有絲毫的猶豫。玲斗放心地轉過身。

樟樹的祈念有兩種，分別是寄念和受念。寄念要在新月的夜晚進行，走進樟樹內，點亮蠟燭，一心想著自己想要傳達的事，樟樹就會吸收這些意念。受念就是接收樟樹吸收的這些意念，必須在滿月之夜進行。受念時，和寄念的人有親近血緣關係的人在樟樹內點亮蠟燭，想著寄念者，就可以接收意念。這種堪稱為奇蹟的現象並沒有廣為人知，由柳澤家進行嚴格管理，目前玲斗成為實質的負責人。

玲斗回到社務所，坐在筆電前，繼續進行剛才中斷的作業。他正在寫報告，工程管理的題目很難，只寫了一小段就改個不停，但還是寫不好，最後只能整段刪除，就這樣重複著刪刪寫寫。

不太妙啊，期限快到了——玲斗斜眼看著月曆。

他要將這份作業交給泰鵬大學函授教育部，他目前是經濟系的學生。千舟強烈建議，完成學業一定會對他有幫助，他終於下定決心入學。

他皺起眉頭，重新把手指放在鍵盤上時，手機響了。有人打電話來。他一看手機螢幕，發現螢幕上顯示是『千舟』來電。他急忙拿起來，接通電話。

「晚安，有什麼事嗎？」

「玲斗，你趕快去樟樹那裡。」

「啊？為什麼？」

「坂上先生剛才打電話給我。」

「坂上先生就是目前在祈念的人嗎？」

「對，我問他怎麼了，他沒有回答，但好像在呻吟。」

「呻吟？」

「可能出事了，你趕快去看一下。」

「好。這下糟了。」

掛上電話後，他把手機放在工作服內，拿著手電筒和雨傘，衝出社務所。

他小跑著前往院落右側角落的樹叢。寫了『樟樹祈念口』的牌子旁，有一條通往樹叢深處的小徑，他沿著小徑跑向深處。

他在中途看到有人倒在地上。似乎是坂上先生。

「坂上先生。」他大聲喊著，跑向坂上。

他擔心坂上已經死了，幸好坂上一息尚存。他抱起坂上時，發現坂上用力皺著眉頭，額頭流著冷汗。不妙。玲斗心想，從懷裡拿出手機。

將近十分鐘後，救護人員趕到現場。在等待救護人員期間，坂上呻吟不已，但玲斗也無能為力，只能撐起雨傘，避免他的身體被雨淋濕。

玲斗協助救護人員一起抬著擔架，走下石階。救護車在石階下待命，救護人員要求他一起上車陪同，玲斗便一起上了救護車。這是他從小到大，第一次搭救護車，雖然明知道這麼想有點缺乏同理心，但還是有點興奮。

兩名救護人員讓坂上仰躺在車上，立刻開始測心電圖，同時量了血壓、脈搏和體溫。是心肌梗塞。其中一名救護人員嘟噥著，然後他們似乎開始急救，但玲斗完全不知道他們在做什麼，只覺得坂上的狀況似乎漸漸穩定下來。

前往醫院的途中，發現路上有很多警車，兩名救護人員在討論說不知道發生了什麼事。

救護車很快抵達醫院，醫院前的馬路上也有兩輛警車。

玲斗目送坂上被送進急診室後，走去急診等候區，但那裡禁止使用手機，於是他走出醫院，撥打電話給千舟。

「為什麼這麼晚還打電話給我？發生什麼事了嗎？」電話中傳來千舟不悅的聲音，這通電話似乎吵醒她了。

玲斗很快意識到。千舟已經忘記她自己剛才打電話給玲斗，要求玲斗去確認坂上的情況。最近經常發生類似的事。

「千舟阿姨，妳看一下記事本。」

玲斗請她去看那本行動紀錄筆記。

片刻之後，傳來她拿起電話的聲音。

「我瞭解了，沒想到發生這種事，坂上先生目前怎麼樣？」

記事本上似乎記下了她打電話給玲斗的事。

玲斗簡短說明事情經過，說希望聯絡坂上的家屬。

「好，你等我一下。」

電話再次安靜下來，玲斗有些不安。因為千舟偶爾會在找東西時，忘記自己到底要找什麼，最後甚至忘記自己在找東西這件事。

幸好不一會兒，電話中就傳來千舟的聲音。「我找到他家的電話，坂上先生的太太和兒子應該在家。我現在告訴你，你記一下。」

「等我一下。」玲斗說完之後，走到醫院的玻璃牆邊。他用手指摸摸積著薄薄灰塵的玻璃表面，發現留下痕跡，應該可以把數字寫在上面。「好，請說。」

千舟唸出號碼。似乎是市內電話。

「謝謝，我會打電話給他的家屬。」

「麻煩你了。」千舟掛上電話。她應該會把和玲斗之間的這番對話寫在記事本上。

玲斗看著寫在玻璃牆上的數字，撥打電話到坂上家。目前已過午夜十二點，雖然他知道不該深夜打擾別人休息，但是現在顧不了這麼多了。

電話接通後聽到等待鈴聲，但很快轉到答錄機上。玲斗頓時不知所措。

「啊，呃，我姓直井，是月鄉神社的管理員。坂上先生在神社昏倒了，聽說是心肌梗塞，目前已經送到醫院。」

玲斗留下醫院名稱和自己的手機號碼，然後掛上電話。他不知道這樣留言是否完整，他已經很久沒有在答錄機上留言了。

他走回急診等候區，一名資深護理師立刻跑過來。

「你是剛才送來的那位心肌梗塞病人的家屬嗎？」

「不，我不是家屬。」

玲斗簡單解釋，告訴護理師，自己只是坂上發病時聯絡救護的人。

「我已經在他家的答錄機上留言，他的家人聽到後，應該會馬上回電給我。」

「這樣啊。」護理師回答，但滿面愁容，她可能想馬上和家屬聯絡。

這時，幾名身穿制服的警察和身著西裝的男人神色匆忙地走過他們身旁。

「發生什麼事了嗎？我剛才看到外面有警車。」玲斗問護理師。

「是啊。」中年護理師欲言又止，但是打量周圍後，把臉湊過來。

「你知道昨天發生的強盜案嗎？」

「啊！」玲斗驚呼一聲。「妳是說春川町的案子嗎？我在網路上有看到。」

「不瞞你說，那起案件的被害人目前就住在這家醫院？」

「是嗎？我看網路新聞上寫，被害人頭部出血。」

護理師一臉凝重，點點頭。

「好像被痛毆得很慘，幸好沒有生命危險，但今天早上之前都住在加護病房，沒辦法應付警方問話，後來總算恢復了，醫生說短時間交談沒有問題，所以今天警察一直頻繁進出。」

「已經這麼晚了……」

「是啊，可能有什麼進展。」

護理師的八卦欲大概得到滿足了，向玲斗鞠躬後離開。

醫院和警察都很辛苦。玲斗心想。畢竟無論是急救病患還是案件都不挑時間和場合，隨時會發生。

他走去已經熄燈的入口大廳，發現這裡可以使用手機。他坐在角落的椅子上，等待坂上家的人和他聯絡。

話說回來，剛才太失策了。忙著救坂上，卻忘記鎖好社務所的門。雖然應該不會有人進去社務所，但等這裡告一段落之後，還是馬上回神社比較好。正在寫大學作業的筆電也還放在桌上。

他怔怔地想著這些事，好像在不知不覺中就睡著了。關了靜音的手機震動起來，顯示有來電。玲斗身體一震，慌忙想要接起電話時，手機差點掉在地上。

「你好，我是直井。」

「啊，我是坂上的太太，剛才接到你的通知。」電話中的聲音聽起來呼吸很急促。

「啊，太好了，請問妳現在人在哪裡？」

「我還在家裡，目前正要出門。請問我要去醫院的哪裡找你？」

「有急診專用的入口，急診有候診區，我就在候診區。」

「我知道了，那就一會兒見。」

掛上電話後，玲斗看看時間，發現已經凌晨三點多。這麼晚的時間，坂上太太竟然會發現答錄機有留言。

三十分鐘後，坂上太太趕到醫院。她身材嬌小，神色緊張。她說玲斗打電話去家裡時，她已經上床睡覺，半夜上廁所，發現答錄機有留言。她一向覺得如果發生緊急狀況，親朋好友會打她的手機，因此家裡的電話鈴聲都設定得很小聲。

剛才那位資深的護理師剛好也在，於是玲斗請坂上太太一起過去。護理師鬆了一口氣，不知道帶坂上太太去了哪裡。

玲斗不知道自己接下來該怎麼辦，於是先坐下來。雖然覺得已經沒自己的事，但又覺得好像不能這樣不告而別，更何況現在沒有交通工具，搭計程車回去又太奢侈。

不一會兒，坂上太太回來，神色和緩不少。

「多虧你，才避免了最不樂見的狀況。我先生睡著了，聽醫生說，已經不需要擔心，這次真的太感謝你。」她客氣地頻頻鞠躬。

「太好了，這樣我就放心了。」

「給你添了不少麻煩，這是一點心意。」她在說話的同時，遞給玲斗一個信封。

「不，妳不必客氣，我不能收。」

「請你一定要收下，否則我先生會怪我。」

「……這樣啊，那我就不客氣了。」玲斗抓著頭，另一隻手接過信封。

「請問，」坂上太太開口，「我先生之前說，昨晚是去和朋友聚餐，他為什麼會跑去神社？」

坂上似乎並沒有把祈念的事告訴他太太。也許他打算在樟樹內留下遺言。

「請妳問妳先生，這我不方便說。」

「這樣啊。」

「不好意思。」玲斗鞠了一躬。

玲斗走出入口大廳，再次坐在角落的座位。一看手錶，已經凌晨四點多。他躺下來，打算在頭班車發車之前小睡一下。他在閉上眼睛之前，打開剛才拿到的信封看看。發現裡面裝了一萬圓，和祈念費的金額相同。

這麼說並沒有白忙一場。他忍不住偷笑起來。

小睡片刻後，走去醫院附近的公車站，搭乘第一班公車回家。清晨七點多回到月鄉神社，雨已經停了，他準備走進社務所之前，想起還沒有清理樟樹。

他走去樟樹旁，發現被昨晚的雨淋濕的樹葉在朝陽下發著光。玲斗走進巨大的樹幹中。

他看到祭壇的燭台，頓時大吃一驚。因為蠟燭已經燒完了。

他回想起昨晚發生的事。坂上在這裡只停留不到三十分鐘的時間，而昨晚給坂上的是兩小時用的蠟燭，這意味著，蠟燭的火沒有吹熄，在無人的狀態下持續燒了一個半小時。

如果一陣強風吹進樹幹，點燃的蠟燭倒下，從燭台上掉落——

太可怕了。玲斗不禁冒出一身冷汗。昨晚等待救護車期間，應該來樟樹內檢查一下，如此一來，就會注意到蠟燭的火沒有熄滅。

如果跟千舟報告這件事，一定會被她罵得狗血淋頭。玲斗決定不告訴她。

5

新月之夜兩天後的上午，玲斗正在社務所內吃泡麵，手機接到電話。是千舟打來的。他接起電話道了「早安」。昨晚有人祈念，因此他就睡在社務所內，幸好昨晚天氣很好，祈念者也沒有生病昏倒。

「都幾點了，還說什麼早安。我先說重點，等一下警察會去找你，他們想看樟樹，你就帶他們去看一下。」千舟一口氣說道。

「警察？為什麼要看樟樹？」

「據說是為了查案。」

「查什麼案？我可沒做壞事。」

「我知道你沒做壞事，不是你想的那樣，詳細情況你可以直接問警察，那就交給你了。」

「喔。」玲斗不置可否地回應，電話就掛斷了。他看著手機，歪著頭納悶，完全搞不懂是怎麼回事。

三十分鐘後，玲斗正在打掃神社的院落時，一名身穿西裝、四十多歲的男人走上石階。黝黑的臉上神情嚴肅，眼神很犀利。他的身後有一群穿著相同衣服，戴著相同帽子的人。玲斗曾經在電視上看過，猜想那些八成是鑑識小組的人。

男人用手帕擦著汗，直直向玲斗走來。雖然臉上堆著笑容，但看起來很虛偽。

「你是這裡的人嗎？」男人很不客氣地問。

「對。」

「負責人在哪裡？」

「我就是。」

「你嗎？」男人收起笑容，以狐疑的眼神看向他。

玲斗不悅地瞪著對方問：「有什麼事嗎？」

「你真的是負責人嗎？沒有其他人嗎？」

這個大叔的態度太惡劣了，到底會不會說話？

「這裡只有我一個人，」玲斗從皮夾中拿出名片，上頭印著『月鄉神社　社務所管理

主任　直井玲斗』。

男人看了名片，似乎終於接受這個事實，點點頭。

「原來是這樣。我聽柳澤女士提過，不過原以為會是更年長的人。」

男人從西裝內側口袋拿出東西，亮在玲斗面前。原來是警察證件。玲斗探頭仔細打量，確認他的姓名。

「中里先生？」

「請多指教。」中里立刻把證件放回口袋。

「聽說你們想看樟樹。」

「對，可以請你帶我們去看嗎？」

「沒問題。我可以請教一下理由嗎？」

玲斗問，中里沉吟著。

「可不可以晚一點再談？事情有點複雜，我們希望盡快開始作業。」

「什麼作業？」

「鑑識作業。貴神社的樟樹很可能和某起案子有關。」

「什麼案子？」

「總之暫時先這樣吧。」中里露出讓人心裡發毛的笑容。

玲斗發出嘆息，但即使抱怨中里等於什麼都沒解釋，恐怕也只是白費口舌。

「好。請跟我來。」

「謝謝，不好意思。」中里雖然嘴上這麼說，但表情完全不是如此。

玲斗帶著中里等人走向樟樹。來到祈念口時，中里要求鑑識班人員待命，獨自跟著玲斗繼續往前走。他可能不希望大批人馬一下子湧入。

穿越兩旁都是樹叢的小徑，樟樹就在前方。中里發出「喔喔」的讚嘆，「真是太壯觀了，我第一次看到，完全超出想像。」

難怪他會驚訝。眼前的樟樹樹枝向四方伸展，樹幹很粗，超過五公尺，像大蛇般粗壯的樹根在地面扭曲延伸。玲斗第一次看到時，被這棵樟樹的莊嚴和威勢震懾到顫抖。

「這棵樟樹和哪件案子扯上了什麼關係？」

中里有些猶豫，挖著右側耳朵，然後吹吹挖耳朵的手指。

「三天前，發生了一起案件。昨天我們逮捕了嫌犯，但他在逃亡期間，似乎曾經躲在這棵樟樹內。」

「什麼時候？」

「前天深夜十二點左右。」

就是送坂上去醫院的那天晚上。

「你是說半夜十二點左右嗎？這樣啊，那或許有可能。」

「什麼意思？」

「因為那時候我有事離開這裡。」

玲斗簡要地將那晚的情況告訴中里。

中里沉思著，伸手摸著額頭。

「也就是說，你在那天晚上十一點左右，一起搭救護車離開這裡，到隔天早上七點左右，神社內都沒有人。那麼，有沒有發現有人潛入的痕跡？」

「也許有人來過，但我並沒有發現。如果有沒見過的物品掉落，或許我會注意到，但並沒有這種事。」

「嫌犯說，他清晨六點左右離開這裡，剛好吻合。好，我瞭解了，那我們可以開始鑑識作業了嗎？」

「可以是可以，但請先回答我一個問題，你說的那起案件，就是被害人頭部嚴重受傷的強盜案嗎？」

中里的眼神頓時變得凌厲，但隨即浮現令人不舒服的笑容，把食指放在嘴唇上。「不要隨便告訴別人。」

「我保證。」玲斗說。

「中里先生，你不加入鑑識作業嗎？」

玲斗把寶特瓶裡的烏龍茶倒在杯子裡，放在坐在椅子上的中里面前。他們都在社務所內，鑑識組的人員則在調查樟樹和樟樹周圍的情況。

「謝謝，我正口渴呢。剛才走上石階時，流了不少汗。今年夏天恐怕也會很熱。」中里一臉享受地喝著烏龍茶，「俗話說，術業有專攻，鑑識作業還是交給專家，像我這種外行人在一旁多嘴，反而會挨罵。」

「中里先生比較少接觸鑑識作業嗎？」

「雖然對鑑識有一定程度的瞭解，但在實務上就完全是門外漢。他們在作業時，就連警視總監也不會靠近現場。」

「和電視劇演的不一樣。」

「電視劇裡的刑警都很帥氣，可以做很多自己想做的事。」中里說完，拿出一張照片問玲斗：「你有沒有見過這個人？」

玲斗瞥了照片一眼，大吃一驚。他不久之前才見過那個人。

「我認識他。」

中里的眼神變得嚴厲起來，「他叫什麼名字？」

「久米田……我忘了他的名字。」

「你們很熟嗎？」

「並沒有，硬要說的話，就是我親眼目睹他做案的犯罪現場，雖然被害人並不是我。」

「犯罪現場？這可不能當作沒聽到，你說的究竟是怎麼回事？」

「其實不是什麼值得大驚小怪的事。」

玲斗把之前和久米田之間發生的事告訴中里。原本以為中里聽了這種微不足道的事會失望，沒想到中里認真看待。

「原來曾經有這種事。也就是說，久米田很可能並不是剛好逃來神社，而是之前就曾想過，遇到緊急狀況時，可以來這裡藏身。」

「強盜案遭到逮捕的人，就是那個大叔吧。」

他果然不是什麼好東西。玲斗心想。上次欠的兩百圓，直到今天都沒有來還錢。

中里聳聳肩，「目前是以涉嫌非法入侵民宅的罪名逮捕他。」

「不是強盜嗎？被害人的頭不是被打傷了嗎？」

「嗯，雖然是這樣……」中里吞吞吐吐地說著，打量著社務室。「這裡有鎖門嗎？」

「什麼？」

「就是來進行樟樹儀式的人昏倒，你陪他一起去醫院的時候。」

「喔……那時候我沒有鎖門，當時很倉促。」

「你回來的時候，沒有發現異狀嗎？」

「應該沒有。」

「這樣啊。」中里點點頭，再次觀察周圍。

「等他們調查完樟樹後，可以調查一下這裡嗎？」

「這裡也要？」玲斗驚訝地提高音量，「為什麼？」

「久米田可能曾經來這裡躲藏過。」

「那個大叔為什麼要躲來這裡？」

中里皺著眉頭，抓著後腦勺。

「久米田雖然承認潛入被害人家中，但否認犯案，所以我們希望可以查獲物證。」

玲斗聽不懂中里的意思，皺起眉頭。「什麼意思？」

「嗯，也許該告訴你實話。」

中里不甘不願地提起案件細節。原來是以下的情況。

警察接獲被害人森部俊彥的妻子報案後。立刻趕到現場。森部昏倒的客廳雖然有血跡，但並沒有打鬥的痕跡，而且放在客廳矮櫃抽屜中的現金不翼而飛了。

客廳隔壁是專門放古董的房間，窗戶的鎖被打開，歹徒似乎從窗戶逃走。進一步詳細調查後，在二樓浴室窗戶發現有人闖入的痕跡。森部的太太說，為了保持浴室通風，窗戶幾乎都開著，可能並沒有鎖好。

隔天早晨，偵查員才終於跟森部本人確認當時的情況。森部說，他當時開車回家拿工作上使用的資料，把車子停在車庫後，從後門進入屋內。在客廳的矮櫃內找東西時，察覺到背後有動靜。回頭一看，發現一個高大的蒙面男子站在那裡。他立刻想逃走，但對方從後方毆打他。他說不知道歹徒是誰。

警方在附近查訪，清查監視器，有目擊者證實，當天下午四點左右，有一名可疑男子向森部家張望。而設置在鄰居家玄關的監視器中，也拍到一個男人的身影，根據服裝研判是同一個人。森部看了影像後，他斷言影像中的人是他認識多年的久米田康作。

幾名偵查員立刻前往久米田家，但是久米田不在，只有他年邁的母親在家。他的母親似乎並不知道他的行蹤，偵查員守在他家附近到天亮，但久米田沒有回家。

但是，在上午八點左右，警察局接到派出所的電話，說久米田已主動投案。守在久米田家的偵查員立刻前往派出所逮人。

久米田在接受偵訊時承認曾經潛入森部家，他潛入的目的是為了森部珍藏的古董。他在客廳隔壁的房間物色收藏品時，聽到有人回家的動靜。他從門縫中張望，發現是森部。他心想不妙，於是躡手躡腳，小心翼翼地從窗戶逃走。他說沒有偷任何東西，根本沒時間下手。

「我們質問他，事情不可能像他說的那麼簡單，他不是打傷森部，然後偷走現金嗎？他仍然堅稱他沒有動手，也沒有拿走任何東西。但調查他的隨身物品後，的確沒有發現任何物證。於是又問他，在投案自首之後去了哪裡，他裝糊塗說，只是四處晃晃，並不記得去了哪裡。於是我們調查他的手機定位資訊，終於發現他曾經躲在這裡。久米田那傢伙似乎並不知道手機上會留下這樣的紀錄。」

中里的話告一段落後，喝完烏龍茶潤喉。

「所以，鑑識人員在調查……」

「正確地說，是在找久米田偷走的東西。他一定把從森部家偷走的現金藏在某個地方。」

「我想不可能放在樟樹內。畢竟我昨天和今天都曾經打掃過。」

「那當然，他不可能放在會被輕易找到的地方，所以才希望可以讓我們調查一下社務所；久米田很可能把手機放在樟樹內，然後再溜進社務所內。」

「好吧。」

似乎有人打電話給中里，他接起電話，交談兩三句後結束通話，隨後看著玲斗。「不好意思，可以請你跟我來一下嗎？有東西想要請你看一下。」

「什麼東西？」

「我也不太清楚，反正請過去看看。」

「那好吧。」

玲斗和中里一起走出社務所，走去樟樹。發現鑑識小組的人都聚集在離樟樹有一小段距離的樹叢周圍，旁邊有一棵山毛櫸。

看起來像是組長的人把裝在塑膠袋內的一塊黑布拿給中里看，不知道說了什麼。

「直井，」中里向玲斗招招手，「你有看過這個嗎？」

玲斗走過去，打量著塑膠袋，發現裡面是一個黑色面罩，一看就知道是模仿豹頭，而且他以前曾經在電視上看過。

「『豹頭假面』。」玲斗找回記憶，「知名的摔角選手曾經戴過這款面罩。」

「這我知道，那是我們小時候的英雄。總之，這個面罩就埋在這棵山毛櫸下方。從泥土的鬆軟程度研判，應該是最近埋下去的。你知道這件事嗎？」

玲斗搖搖頭，同時搖著手。「不知道，不是我埋的。」

「這樣啊。」中里點頭，和鑑識小組的組長竊竊私語。玲斗再次看向豹頭面罩，中里剛才提到被害人被戴著面罩的男人毆打。

玲斗想像著久米田戴著面罩犯案的樣子，拚命忍著才沒有笑出聲音。

這天晚上沒有祈念的預約，玲斗在六點多就回到柳澤家，沒想到客廳難得有訪客。個子矮小、年紀大約七十歲左右的老婦人穿著淡紫色的開襟衫，和千舟面對面坐在桌子前。老婦人看到玲斗，點頭打招呼，他也回禮：「妳好。」

「你回來得正好，我來介紹一下。」

玲斗聽到千舟的話，在她身旁坐下。

「這位是久米田松子，是我的小學同學。」

「啊？」玲斗瞪大眼睛問：「妳就是久米田康作的媽媽？」

「怎麼回事？你怎麼直接叫人家的名字？」千舟皺起眉頭。

「沒關係，這也是理所當然的。」松子安慰地說，「對不起，今天警察有過去找你吧？真的很對不起，給你添麻煩了。」滿頭白髮的她鞠躬說道。

「請問是怎麼回事？」玲斗看看千舟，又看看松子。

「你應該知道警方逮捕康作了吧？今天警察去松子家搜索，松子聽到警察說要去月鄉神社搜索，所以就來致歉。」千舟說到這裡，打開黃色記事本，然後問松子：「我沒有說錯吧？有沒有遺漏什麼？」

「沒問題，妳說的大致正確。」松子看向玲斗，「神社那裡有沒有什麼狀況？」

「警察找到了奇怪的東西。」

玲斗告訴松子，警察在樟樹附近找到摔角選手的面罩。松子不解地歪著頭，她果然也不知道那是什麼。

「之後，警察清查過神殿和社務所，但是最後並沒有發現任何現金，因此明天還要繼續搜索。」

「這樣啊，警察在我們家也沒找到任何東西，除了我兒子的房間，他們還搜索了其他房間。雖然家裡有一點現金，但金額並不多，而且他們似乎知道那不是被偷走的那些錢。」

玲斗聽到松子的話，猜想警察可能知道被偷走現金的流水號。

「聽刑警說，久米田先生雖然承認潛入被害人家中，但主張沒有偷任何東西，更沒有攻擊森部先生。」

松子聞言，表情微微扭曲。

「難道他以為警察會相信他說的話嗎？早知道應該讓他在年輕時吃點苦，我老公想說他是獨生子，從小到大就一直寵著他，結果就變成這種沒出息的東西。我完全搞不懂那個孩子在想什麼，雖然我猜想他根本腦袋空空。」

玲斗聽到松子把中年男子稱為『那個孩子』，就覺得在母親眼中，兒子永遠都是小孩子。

「那麼，接下來有什麼打算呢？」千舟問松子。

「能有什麼打算？只能且行且看了，而且我覺得乾脆讓他去坐牢，接受一點教訓，吃一點苦頭，也許反而比較好。」松子說話的語氣並沒有悲觀，反而很乾脆。果然是千舟的朋友，不僅很剛強，還很有氣魄。

「我能夠理解妳的心情。但總不能真的什麼都不做。既然妳兒子說他是清白的，妳是不是該聽聽他的解釋。」

「問題是我根本見不到他。」

「妳當然見不到他，但是有人可以見到他。那就是律師。」

「律師？」

「妳有沒有認識的律師？可以幫忙的律師。」

「律師……」松子滿面愁容。她可能沒有人選。

「呃，千舟阿姨，」玲斗插嘴，「岩本律師怎麼樣？」

「岩本？」千舟皺起眉頭。

「就是我之前出事的時候，去警察局保釋我的律師。我聽說他是妳學生時代的朋友。」

千舟驚訝地拿起黃色記事本，翻開後面的頁數。那裡可能記錄著她的人際關係資料。

不一會兒，她抬起頭，對玲斗點點頭。

「原來是岩本律師，謝謝你。你讓我想起一個理想的人選。」

「畢竟他是救過我的恩人嘛。」玲斗聳聳肩。

6

玲斗在千舟面前提起岩本義則的第四天，他就來到了月鄉神社。由於千舟事先通知玲斗，因此玲斗並沒有感到吃驚，但在神社的院落迎接岩本律師時，還是忍不住感到緊張。

「好久不見。」

岩本伸出右手。玲斗呆了幾秒後，才意識到岩本要和他握手，他慌忙回答：「好久不見。」

「看到你一切平安，真是太好了。」岩本好奇地看著玲斗身穿工作服的樣子，「聽說目前這家神社都交由你管理，柳澤女士的想法還是這麼大膽。」

「我還在學習。」

「我聽柳澤女士說了，你在讀大學。」

「只是函授大學，並不是考上的大學。」

「這並不重要，關鍵在於能不能找到自己未來的路，而不是靠投硬幣決定。」岩本做出了丟硬幣的動作。

「那一次真的萬分感謝，多虧有你幫忙。」玲斗再次道謝，深深鞠躬。

「我只是完成受委託的工作而已，如果要謝的話，就要謝謝你的阿姨。」

「我幾乎每天都在感謝，只是在心裡感謝。」

哈哈哈。岩本笑了起來。他的瘦臉上戴著一副黑框眼鏡，一頭白髮和第一次見到他時一樣。玲斗之前潛入工作的地方，因竊盜和入侵民宅被逮捕時，就是這位律師救了他。

「聽說你接下替久米田辯護的工作，有辦法順利解決嗎？」

岩本聞言一笑，但並沒有回答，問玲斗：「我可以去看一下樟樹嗎？」

「當然沒問題，我帶你去，請跟我來。」

玲斗說完便邁開步伐。

「昨天嫌犯又再次被逮捕，這次的犯罪嫌疑是竊盜。」

「找到了他偷的現金嗎？」

「不，不是現金，你應該看過贓物。」

「贓物？我嗎？」玲斗突然想到一件事，停下腳步。「該不會是那個面罩？就是摔角選手的面罩？」

岩本苦笑著點頭，「就是豹頭面罩沒錯。」

「久米田那傢伙竟然偷了那種東西？」

「當事人說，他只是拿回屬於他的東西。」

「什麼意思？」

「我們邊走邊聊。照理說不能告訴外人，但你應該不會到處宣揚。」

「我可以保證。」

兩個人一起走向通往樟樹的祈念入口。

「久米田的朋友以前曾經是摔角選手『豹頭假面』的經紀人，」岩本慢條斯理地說道，「『豹頭假面』可能有好幾個備用的面罩，由那名經紀人負責管理。久米田的朋友在辭去經紀人的工作後，發現還有一個面罩沒有歸還。在前經紀人打電話給『豹頭假面』時，『豹頭假面』說已經重新設計新的面罩，不需要舊款的了，於是前經紀人就把面罩留在手邊，之後又轉送給久米田。」

「是喔，聽起來滿有可能的。」

「三個月前，久米田和一起打麻將的牌友森部聊起這件事，森部很喜歡蒐集古董，說想要看看那個面罩。後來久米田給他看了面罩之後，森部說願意出兩萬圓購買。久米田聽了，認為一定值更多錢，於是說要賣十萬圓。森部說太貴，他可以出到三萬。久米田又說太便宜，希望可以賣七萬。他們討價還價之後，最後決定以五萬圓成交。」

「所以久米田的面罩賣了五萬圓嗎？」

那種東西竟然可以賣五萬圓。玲斗想起那個面罩，如果是自己，連五百圓也不想花。他無法理解收藏家的心理。

「最近，久米田看到電視上古董鑑定的節目後大吃一驚。因為鑑定師說，如果是『豹頭假面』實際使用過的面罩，至少值一百萬圓。久米田覺得自己上當了。」

「這樣啊。」玲斗附和道。他大致明白了狀況。

「久米田潛入森部家，就是為了拿回那個面罩嗎？」

「呵呵呵，」岩本笑道，「久米田說，他覺得如果和森部談判，森部也不可能把面罩還給他，於是他就潛入森部家，打算把面罩拿回來，賣了錢之後，再把當初的五萬圓還給森部。」

「後半部分的內容絕對是說謊，說什麼打算把五萬圓還給森部。」
「我想也是，因為這麼一來，等於告訴森部，面罩是他偷的，反正目前當事人是這麼說。」
「所以他只是想要拿回被騙走的東西，原來如此，原來是這樣啊。」
這時，岩本突然停下腳步，以意味深長的眼神看著玲斗。
「看你的樣子，似乎對久米田很有共鳴。」
真傷腦筋。玲斗摸摸頭。
「被發現了嗎？岩本律師，真是什麼都瞞不過你。老實說，我有點能夠體會他的心情，眼看煮熟的鴨子飛走了，真的會很火大。」
玲斗之前被工廠隨便開除，而且老闆不願意付離職金，所以決定潛入工廠，他只是想回去工廠，拿回原本應該屬於自己的錢。
「但是，森部並沒有從久米田手上騙走豹頭假面的面罩。就算金額不符合行情，但當初是買家和賣家討論後決定的，是正當合意的買賣，無論他找任何理由，竊盜就是竊盜，根本沒有辯解的餘地。」

「我想也是。」

兩個人再次邁開步伐。他們從祈念口穿越樹叢，來到樟樹前。

「喔喔，」岩本摸著黑框眼鏡，發出驚嘆。「好久沒有看到了，果然很壯觀，有一種能震撼人心的莊嚴感，難怪會出現這棵樟樹具有神聖力量的傳說。」

「律師，你知道樟樹祈念的事嗎？」

「以前曾經聽別人說過，據說是將祖先傳承下來的家訓傳給後世的儀式，只是不知道什麼時候變成了許願可以成真的傳說。」

岩本律師似乎並不知道祈念的正確作用，但是玲斗沉默不語，因為千舟曾經叮嚀他，無論再熟識的人，都不能輕易透露。

岩本走進樟樹的樹洞中。

「喔，比我想像中更寬敞，如果要在這裡待到天亮，也不至於會不舒服。」

「久米田是怎麼說他來這裡的情況？」

「他說有兩個目的。」岩本豎起兩根手指，走出樟樹。「目的之一，就是打算把偷來的寶物藏起來。在行竊的隔天，他去了都心，打算賣掉那個面罩，但是他事先查好的那家店專門收購迪士尼和知名動畫角色的周邊商品，並沒有收購職業摔角選手的相關商品，拒絕了他。他又去了幾家古董店和當鋪，但都被趕出來，最後並沒有賣掉。所謂的古董，種類五花八門，如果不是該店家經營領域的物件，店家就不會收購。」

「他可以拿去網路上拍賣。」

「久米田曾經考慮過這個方法，但擔心被森部先生發現。他無可奈何，晚上回到家，剛好發現有幾個陌生的男人進進出出。雖然那些人沒有穿警察制服，但久米田憑直覺知道，那些人是警察。他想到如果被警察發現他身上有豹頭面罩就慘了，於是就選擇躲來這裡。」

「原來是這樣啊。」玲斗走向山毛櫸說：「好像是埋在這附近。」

岩本抬頭看著樹木，點點頭。

「完全符合他的供詞，他說如果忘記自己埋在哪裡就傷腦筋了，最後決定埋在很引人注目的樹木旁。」

「你剛才說，久米田來這裡有兩個目的，請問另一個目的是什麼？」

「他要思考之後要如何採取行動。如果警察發現他曾經潛入森部家，遲早會逮捕他。

他下定決心要去自首，但打算好好思考，如何向警方說明，才能減輕自己的罪責。那天晚上天氣不好，所以必須找一個可以躲雨的地方。」

「他躲在樟樹內充分思考後想到的藉口，就是他雖然偷偷溜進森部先生家，但什麼也沒偷，也沒有攻擊森部先生嗎？」

「就是這樣，但是警方找到豹頭面罩後，證明他說自己沒偷任何東西是在說謊。」

「找到現金了嗎？警方連續兩天來我們神社搜索。」

「不，沒有找到。我相信你已經聽說了，警方曾去久米田家中搜索，但仍沒有找到現金。」

「被偷走的現金有什麼特徵嗎？我聽松子阿姨這麼說，所以猜想是不是知道那些紙鈔的流水號。」

「如果是知道紙鈔的流水號，就會扣押他家中所有的一萬圓紙鈔，帶回警局比對。既然警方沒有這麼做，就代表被偷的現金有易於辨識的特徵，但是在久米田家中並沒有發現具有這種特徵的紙鈔。」

「特徵？一萬圓的紙鈔有特徵？」他很快便想到了，「我知道了，是新鈔。」

「答對了。很多有錢人在家中放現金時，都會放帶有封條的新鈔。被偷的就是帶有封條的錢磚。」

「在久米田家並沒有發現這樣的紙鈔嗎？」

「是啊，所以事情變得有點棘手。」

「什麼意思？」

「久米田雖然承認自己潛入森部家並偷走面罩，但他堅稱並沒有偷錢，沒有毆打森部先生。他跟我說，他說的絕對是實話，要我相信他。如此一來，情況就大不相同了。曾經動手打人，就是強盜致傷，刑責超過六年，但如果沒有打人，就只有非法侵入民宅罪和竊盜罪。如果像你上次一樣，能夠和被害人和解，有可能不起訴。只不過有點令人難以相信。」

玲斗想起中里的話。

「被害人說，歹徒戴著面罩。難道久米田戴上剛剛偷的『豹頭假面』面罩嗎？」

「從當時的狀況來看，如果是久米田犯案，應該就是這樣，只不過他堅決否認。他說他並沒戴上面罩，因為那是很珍貴的寶物，不能弄髒，因此他根本沒有從塑膠袋裡拿出來。」

「如果他想賣給別人，應該真的是這樣。被害人不是看到歹徒了嗎？不知道是否記得是什麼樣的面罩。」

「森部可能沒有明確的記憶，如果是豹頭面罩，他應該一開始就會說，負責偵訊的刑警不可能不問久米田這件事。」

「但如果久米田所說的話是事實，就代表小偷和強盜接連闖入同一棟房子。真的會有這種事嗎？」玲斗抱著雙臂。

「我必須以這麼荒誕無稽的論調為武器，在法庭上替他辯護。只要想到這件事，我就開始頭痛。但是——」岩本露齒一笑，「也不能斷定他在說謊，因為警方並沒有找到現金，而且無法證明他曾經動手攻擊被害人。」

玲斗眨眨眼睛，看著年邁的律師。「沒有證據嗎？」

「雖然負責偵辦這起案子的刑警沒有明確告訴我這件事，但我猜想他們手上應該沒有明確的證據。你有沒有從刑警口中聽說，歹徒是用了什麼凶器打傷被害人的頭部？」

「凶器嗎？你這麼一說，我才想起並沒有聽說凶器的事。」

「我想也是，我也沒有聽說。警方當然故意不對外公開。如此一來，只要久米田在供詞中提到凶器，就成為只有強盜才知道的情況，到時候就可以成為證據。這就是所謂的『秘密揭露』❷。警方會隱瞞真相，十之八九是基於這個理由。」

「原來是這樣……」

「但是，這次的案子中，這並不是只有歹徒才知道的事。我拜訪了負責將被害人送醫的救護人員，問了當時的情況。據救護人員說，現場有一個沾滿血跡的菸灰缸，是水晶大菸灰缸，八成是原本就在被害人家中。」

「就是有錢人家裡常見的菸灰缸。」

「但是久米田說他在犯案時有戴手套，就是那種有防滑橡膠的棉手套，他戴了手套，從二樓的浴室窗戶潛入室內，然後去一樓收藏古董的房間偷走豹頭面罩。在逃走之前，都沒有拿下手套，警方從來沒有提起指紋的事。在被害人家中找到的幾根頭髮，成為證明久米田曾經潛入的證據。這些毛髮和久米田的毛髮一致，而且在收藏室的架子和抽屜上，發

❷指在刑事案件等審訊期間，被疑者自白只有真正的犯人才可能知道的事項。

現了棉手套觸碰的痕跡，稱為手套痕。再說回菸灰缸的事，如果在菸灰缸上有找到手套痕，警察一定會追問久米田。問題是警方完全沒問，為什麼？」

玲斗沒有多想，就知道了答案。

「菸灰缸上並沒有發現手套痕。」

「我認為就是這樣，而且犯人戴的應該也不是那個面罩。」

「面罩？不是那個？」

「警方絕對會詳細調查豹頭面罩，如果久米田曾經戴過，一定會留下痕跡。只要使用目前的技術，從些微的皮脂就可以驗出DNA。一旦證明久米田曾經戴過那個面罩，就有可能成為一項物證，問題是警察也沒有進行相關偵訊，因此我認為面罩上並沒有他戴過的痕跡。」

「久米田是不是戴了其他面罩？」

「警方接下來應該會懷疑這種可能性，但是目前應該沒有任何發現。聽久米田說，刑警在連續多日的偵訊中，都一直重複相同的問題，然後說服他要說實話。我認為刑警無法從他的供詞中找到矛盾點，束手無策。我提醒他，如果真的沒有做那些事，就絕對不要被刑警的花言巧語騙了。」

偵訊室那個空間很獨特。玲斗想起自己接受偵訊時的狀況。為了早日重獲自由，就會有問必答，如果還犯下其他罪行，恐怕也會不加思索地交代清楚。

岩本看了一眼手錶。

「我差不多該告辭了。謝謝你帶我參觀。」

「你相信久米田說的話嗎？」

岩本微微聳聳肩。

「我是他的律師，必須在認為嫌犯的供詞是事實的前提下進行辯護。」

「我問的是你相不相信他。」

「我認為必須相信久米田告訴我的情況，可惜沒有人能夠保證，他已經說出了所有的事實。」

「你覺得久米田可能隱瞞了某些事嗎？」

「如果委託人能夠實話實說，那我們的工作就太輕鬆了，如果可以，真希望可以看看委託人的腦袋裡。那我就告辭了。」

岩本說完轉身離開。

看看委託人的腦袋嗎？

玲斗的腦海中頓時閃過一個念頭。他轉過頭，仰望著樟樹。

千舟停下正在吃飯的手，露出嚴厲的視線看向玲斗。「什麼？你剛才說什麼？」

「我是說，」玲斗注視著阿姨的雙眼，「請松子阿姨受念。」

千舟皺起眉頭問：「為什麼這麼做，就可以解決所有的問題？」

「不，說解決所有問題可能言過其實了，但至少可以確認久米田是不是說了實話。」

「為什麼？」

「我剛才提過，他在樟樹內過夜，而且左思右想，思考對策。那天晚上是新月，剛好是坂上先生昏倒的那一天，樟樹內放了蠟燭，久米田一定會點亮蠟燭，在那樣的狀態下思考，會發生什麼結果？」

千舟放下筷子，輕輕嘆氣。

「樟樹可能……接收到康作的意念。」

「樟樹可以接收到所有的意念，接下來就換松子阿姨出場，她在受念之後，就會知道久米田思考些什麼，可以搞清楚他是否真的只有偷走豹頭面罩，還是有動手毆打森部先生，並且搶走現金。」

千舟微微揚起頭，以冷冽的眼神看著玲斗。

「但這並不是祈念，沒有申請正式的手續，而且當事人沒有意識到自己寄存意念，既然這樣，怎麼可以輕易窺探他內心的想法？不可以做這種事，你有這種想法，違反了身為樟樹守護人的職責。」

「但是，這樣也許對當事人有幫助。如果他說的是實話，卻不設法幫他，他就會被冤枉。」

「啊喲。」千舟神色變得更加冷漠，「這番言論聽起來像是優等生啊。幫助？你之前不是很看不起康作，怎麼突然支持他了？你趕快說實話，這不是你真正的目的吧？你的目的是想要戳破康作的謊言，就是想要滿足自己的好奇心而已。怎麼樣？我說錯了嗎？」

千舟一針見血，玲斗無言以對。

「我就知道。」千舟無奈地說。

「但這不是一樣嗎？只要瞭解真相，就可以幫助岩本律師。」

「你別異想天開了，難道你認為樟樹的意念可以成為法庭上的證據嗎？更何況要怎麼跟岩本律師說？難道要說透過樟樹的意念，知道久米田康作說的是實話嗎？你認為他會相信嗎？」

玲斗垂頭喪氣地問：「無論如何都不行嗎？」

「不行，這件事到此為止。快吃飯吧。」

玲斗嘆著氣，拿起筷子。今晚的主菜是紅燒翎鯧，但他在吃魚之前抬起頭。

「我認為對松子阿姨也有幫助。」

「你有完沒完啊。我剛才已經說到此為止了。」千舟頭也不抬，冷冷地說。

玲斗垂下腦袋，用筷子夾起紅燒魚。魚肉像往常一樣好吃，但他無法細細品嚐。

千舟突然問：「為什麼對松子也有幫助？」

玲斗放下筷子，坐直身體。「我覺得這是個可以瞭解的機會。」

「瞭解？瞭解什麼？」

「松子阿姨在提到久米田時不是曾經說，完全不清楚她兒子在想什麼嗎？聽岩本律師說，如果以強盜致傷的罪名起訴，並被判決有罪的話，至少要坐六年牢。雖然坐牢期間，松子阿姨可以去探監，但我相信會有很多限制，而且短時間見面聊幾句，很難理解她兒子的想法。更何況刑期可能超過六年，雖然這樣說有點那個，但松子阿姨已經不年輕了，剩下的時間——」

「不要再說了！」

聽到千舟語氣嚴厲的聲音，玲斗忍不住縮起身體。

「你這個人啊，如果我不阻止你，不知道要說多少不經大腦思考的話。」

「對不起，我只是想要表達，對松子阿姨來說，這是絕佳的機會。兒子的意念——雖然他並不是主動這麼做，但是把內心的想法寄託給了樟樹，如果松子阿姨知道身為母親的自己，或許可以接收到這些意念，一定很希望受念。既然妳是松子阿姨的朋友，難道不想完成她的心願嗎？」

千舟嘆了一口氣，注視著玲斗。「你這張嘴還是這麼能言善辯。」

「對不起，希望妳能夠理解……」

千舟聞言，頓時全身放鬆。

「我已經清楚知道，你提出這樣的建議，並不是單純基於好奇心。」

「我必須坦承，好奇心佔了很大一部分。我還是很好奇，但也覺得松子阿姨很可憐，這是真心話。」

「松子……很可憐。」

千舟低著頭，沉默片刻之後，看著玲斗。

「你查一下這次的滿月之夜，有沒有預約祈念。」

「我馬上來查。」玲斗拿起手機。

7

玲斗抬頭看著發出白色光芒的滿月，覺得今晚的受念者可能平時積了不少陰德。目前天空晴朗，萬里無雲，和上次天空佈滿雨雲的新月之夜不同，明亮的月光讓星星黯然失色。

他站在社務所前，有兩盞燈光從鳥居的方向漸漸靠近。那是拿著手電筒的千舟和久米田松子。

玲斗等她們兩人來到社務所前，向她們打招呼。「晚安。」

滿臉不安的松子擠出笑容。

「雖然我聽千舟說過了，但還是搞不太清楚。只知道向樟樹祈願，好像就可以知道康作的情況……」

「我覺得與其仔細解說，還不如妳直接祈念比較快。」

「我也這麼想。」玲斗也同意千舟的話，他看著松子：

「那我們走吧，我帶妳去入口。」

「好。」松子一臉正色地回答。

玲斗帶著兩名老婦人走向祈念口，寧靜的夜晚甚至聽不到蟲鳴聲，只聽到走在泥土上的腳步聲。

玲斗在祈念口前停下腳步。

「請妳獨自走進去。」玲斗把手上的紙袋遞給松子時說道，「裡面有蠟燭和火柴，樟樹內有燭台，把蠟燭放在燭台上點火，接下來就開始想妳兒子的事。」

「我要想他的什麼事？」

「什麼事都沒問題。」千舟回答，「關於康作的任何事都可以，可以是充滿懷念的回憶，也可以是想要忘記的不愉快。最重要的是讓樟樹瞭解妳和妳兒子之間的血緣關係。」

松子皺起眉頭說：「如果是不愉快的事，我可以想起很多。」

「那也沒有關係，請妳好好回想。」

「好。」松子點點頭，走進樹叢深處。玲斗和千舟見狀，走回社務所。今天的蠟燭可以點兩個小時，現在是晚上十點多，可能要十二點之後才能完成。

「妳們是怎麼來這裡的？」玲斗問。

「我直接包車過來。現在正在下面等。」

「那就可以放心了，畢竟時間這麼晚，都沒有公車了。」

「你是不是在想，我這個沒收入的人，包車過來太奢侈了？」

「我沒這麼想。」

「少騙人了，你老實說，是不是覺得我很奢侈？」

「……腦海中是有閃過這個念頭。」

「看吧，我就知道。」千舟說完，發出嘆息。「我也覺得很奢侈，年輕時都走路過來，曾經有一段時間像你一樣騎腳踏車，沒有公車不是什麼大問題。松子她很驚訝，原本以為我只是叫普通的計程車，沒想到我是包車。」

「雖然妳現在離開了第一線，但畢竟曾經是柳澤集團的高階主管，這種程度的奢侈應該不為過。」

千舟洩氣地把頭轉到一旁，搖搖手。

「別說這種話，你以為我聽了這種奉承會開心嗎？」

玲斗無法反駁，只能道歉：「對不起。」

「我只是很害怕。」千舟無精打采地幽幽說道。

「害怕？」

「我害怕自己會迷路。最近經常發生走在路上，卻不知道自己人在哪裡的情況。車窗外的風景看起來很陌生，沒有自信能夠告訴司機要怎麼走，所以還是包車算了，至少司機是熟人。」

「這樣當然沒問題啊，雖然現在沒有收入，反正還有很多存款。」

千舟停下腳步，抬頭看著他問：「你怎麼知道我的存款金額？」

「我並不知道，只是猜想……」

「如果你期待可以繼承龐大的財產，那我先告訴你，我並沒有太多存款，要讓你失望了。」千舟邁開大步。她的背影似乎又重拾往日的剛毅，玲斗稍微安心了些；他不想看到千舟軟弱的樣子。

回到社務所，千舟泡了茶。他們已經很久沒有這麼晚的時間一起出現在社務所了，上次他們一起在這裡時，玲斗還在實習如何擔任樟樹守護人。

「松子阿姨之前似乎並不知道樟樹祈念的事。」

「那當然啊，雖然我們一起長大，但樟樹的事不可能輕易告訴她。」
「那妳這次是怎麼跟她說的？」
「這次的情況有點複雜，所以我拿了你的演說來用。」
「什麼演說？」
千舟操作自己的手機後放在桌上。不一會兒，就聽到手機發出聲音。
（但至少可以確認久米田是不是說了實話。）
說話的聲音不是別人，正是玲斗，然後聽到千舟問為什麼。
（我剛才提過，他在樟樹內過夜，而且左思右想，思考對策。那天晚上是新月，剛好是坂上先生昏倒的那一天，樟樹內放了蠟燭，久米田一定會點亮蠟燭，在那樣的狀態下思考，會發生什麼結果？）
（樟樹可能……接收到康作的意念。）
（樟樹可以接收到所有的意念，接下來就換松子阿姨出場，她在受念之後，就會知道久米田思考些什麼。）
千舟伸手碰觸手機，關掉錄音。

「我還讓松子聽了我們之後的對話，就是你努力說服這是在幫助松子的部分。」

「我不知道妳有錄音。」

「如果讓你覺得不舒服，我可以道歉，但這也是我的備忘錄。」千舟從皮包裡拿出原子筆說：「這不是普通的原子筆，是錄音筆。在討論重要的事之後，我都會立刻寫在記事本上，但有時候還是會馬上忘記談話的內容，所以現在都會用錄音筆。」

「原來是這樣，真是好主意。」

「在聽完之後，我也不會刪除，而是作為檔案保存在電腦中。」

千舟似乎把那份錄音檔又傳到手機上。

「真厲害，妳的腦筋還很好啊。」

「我不是說過嗎，不需要拍馬屁。話說回來，這支錄音筆的確幫了很大的忙，有錄音筆之後，和別人雞同鴨講的情況少多了。」

玲斗確實感受到效果，因此發自內心地說：「真是太好了。」

「這種方法解決了很多靠耳朵聽到的資訊的問題，接下來就是眼睛看到的資訊，過目就忘真的很傷腦筋，但是用相機拍下所有看到的東西又太辛苦了。」

玲斗打了一個響指。

「那要不要試試GoPro？」

「GoPro？那是什麼？」

「那是運動攝影機，可以穿戴在身上，可以拍下眼前所有的東西，防手震效果很棒。即使在活動時，影像也不會震動。滑雪的人都用這款攝影機，把攝影機裝在安全頭盔上，就像這樣。」玲斗把拳頭放在頭頂上，「從前面看，有點像古代大名的髮髻。」

「你要我戴上裝了攝影機的頭盔？」

「戴上之後，就可以把妳看到的所有東西都錄下來，就算忘記昨天晚上吃過什麼，只要看影片就知道了。妳覺得怎麼樣？」

千舟注視著半空，嘀咕著「髮髻」，做出把東西戴在頭上的動作。

「對不起。」玲斗道歉，「我只是在開玩笑。」

「開玩笑？」

「當然不可能戴著這種東西生活，啊哈哈。」

千舟生氣地瞪著他，「不要開這種會讓人誤會的玩笑！」

「對不起。」玲斗再次道歉，但很納悶，心想這會讓人誤會嗎？
一看手錶，發現已經超過三十分鐘了。
「不知道松子阿姨有沒有順利受念。」
「不知道。」千舟雙手捧著茶杯，「雖然康作在新月夜晚進入樟樹內，但他並沒有想要寄念，所以不知道樟樹能夠接收到多少他內心的想法。」
「至少希望可以知道久米田的供詞是真是假。」
「我還是要多嘴提醒你一下，不要問松子受念的情況怎麼樣。樟樹守護人——」
「我知道，樟樹守護人不能干預祈念內容。」
「我不打算問她，由松子自己決定要如何處理受念的內容。」
「我說了，我知道。」玲斗喝著茶說，「對了，不知道岩本律師那裡的情況如何。」
「聽松子說，警方至今沒有找到康作毆打被害人的證據，目前是以涉嫌非法入侵民宅和竊盜的罪名拘留他，在拘留期間結束之後，很可能會以傷害罪的名義再次逮捕他。一旦變成這種情況，雖然沒有物證，到時候仍然可能會以強盜致傷罪起訴他。」千舟畢竟是法學系畢業的，雖然有輕度認知功能障礙，仍然能夠輕鬆說出複雜的法律用語。

「久米田會被判有罪嗎？」

「可能吧。他潛入別人家，偷了東西。不知道法官會不會採信並不是他攻擊被害人的說詞。」

「是啊，如果是我就不會相信。」

「但是岩本律師對松子說，也許可以相信康作說的話。」

「為什麼？」

「假設被判有罪，是否承認罪行，量刑會大不相同。如果持續否認，就會被認為犯後態度不佳，沒有反省之意。如果真的犯案，老實交代，表現出反省的態度，在法庭上對自己比較有利。警方在偵訊時，也用這番說詞說服他。」

「但是，久米田始終沒有承認，這意味著……」

「如果真的是他做的，聽到警察這樣勸說，就會產生動搖，但是康作持續堅決否認。岩本律師認為，他並不是那種意志堅強的人，態度這麼堅定，也許可以認為他並沒有說謊。」

玲斗認為這很像是岩本律師的見解，並不是因為他信任委託人，而是在做任何判斷時，都會隨時考慮到對方的人性。

之後，玲斗獨自等在社務所門外，看到松子走回來。他打開社務所的門，對正在裡面休息的千舟說道：「好像結束了。」

松子回到社務所後，玲斗說道：「辛苦了。」

久米田松子明顯很緊張，甚至有點茫然。不知道是被樟樹的威力震懾，還是因為接收到的意念帶給她衝擊。也許兩者皆是，這是第一次祈念的人共同的反應。

「妳還好嗎？」千舟問。

「嗯嗯，我沒事。」松子在回答時，聲音微微發抖。

「那我們回家吧，我送妳回家。」

「好。」松子雖然這麼回答，但她的眼神仍然渙散。

玲斗整理完祈念的用品，換好衣服，揹起裝著筆電和教科書的背包走出社務所。他的交通工具是一輛舊腳踏車，停在石階下方的空地上。車很破舊，完全不擔心被人偷走。

回到家時，發現千舟租用的黑色高級轎車仍然停在門口，司機坐在車上，但後車座上沒有人。如果千舟先送松子回家後再回來這裡，就可以讓司機回去了，看來松子顯然還在柳澤家。

玲斗從大門旁的小門進入屋內，打開玄關門的門鎖進屋後，脫下球鞋，沿著走廊走去裡面。

「這麼說，妳並不打算告訴岩本律師。」

客廳傳來千舟的聲音，玲斗忍不住停下腳步。

「妳並不是因為岩本不可能相信真相才不說，而是決定直接隱瞞這件事。」

「是啊，我相信這是我那個傻兒子經過深思熟慮之後決定的事，所以我也要下定決心。」松子的聲音很有精神，和剛才走出樟樹時判若兩人。

「但是這樣真的好嗎？如果遭到起訴，最後被判有罪，就必須去坐牢。」

「我剛才不是說了嗎？那就到時候再說，到底要我說幾次？」

「我知道了，對不起，我有輕度認知功能障礙，馬上就會忘記。」

「這種病真方便，我是不是也可以使用這一招？遇到對我不利的狀況就說，對不起，我有輕度認知功能障礙，我忘記了。」
「妳不需要假裝，很快就真的有了。」
「我想也是，搞不好現在已經有了。」
兩位老婦人發出輕快、平靜的笑聲後，松子說：「我差不多該回家了。」
玲斗急忙躡手躡腳地回到玄關，當他再次轉身面對走廊時，客廳的門打開，千舟走出來。
「啊喲，是玲斗啊，你回來了，剛到家嗎？」
「我回來了。」
松子也從千舟身後走出來，向玲斗鞠躬。「今天晚上給你添麻煩了。」
「希望能夠幫上忙。」
「我送松子上車，」千舟說，「馬上就回來，玄關的門不用鎖。」
「好的。」
兩名老婦人走出去後，玲斗沿著走廊快步前進，走進客廳。黃色記事本和原子筆就放在桌上。他拿起原子筆，轉動筆蓋，把筆蓋拆下來，上面有耳機插頭和USB接頭。

玲斗放下身上的背包，拿出筆電。

8

天空還沒有被染成一片紅色之際，早川姊弟來到神社。玲斗正在社務所內，坐在電腦前，但他拉開窗戶的窗簾，不時向外張望。他一心等待早川姊弟抵達，因此報告完全沒有進度。

玲斗走出社務所迎接他們。

「你好。」翔太很有精神地向他打招呼，他的妹妹站在他身旁，但玲斗還不知道她的名字。

「你們好。」玲斗回答後，轉頭看向佑紀奈。

「不好意思，突然麻煩你們來一趟。」

「不會。」佑紀奈輕輕搖搖頭，雖然她嘴角帶著笑容，但表情有點僵硬。她似乎比上次看到時瘦了些。

「妳帶來了，對嗎？」玲斗看著她手上的紙袋問：「總共有幾本？」

「我帶了兩百五十本，你說有多少就帶多少……」佑紀奈語氣委婉地回答。
「沒問題。」玲斗接過紙袋，紙袋很沉重。「我臨時拜託妳，沒想到妳一下子就做了這麼多本。」
「那是因為……」
「姊姊說，她剛好預先做了一些。」翔太回答，「之前做的全都賣光了，所以姊姊又一個人做了這些。」
「這樣啊。那……太厲害了。」
佑紀奈臉上的微笑仍然很僵硬。
玲斗看著翔太。
「我可以佔用你姊姊一點時間嗎？我想和她說幾句話，你們可以去附近玩一下。」
「好。」翔太說完，跑了出去，年幼的妹妹也跟著他。
「坐下來說吧。」玲斗指著社務所前，那裡放了兩張鐵管椅。
「好。」佑紀奈小聲回答，顯得有些膽怯。
玲斗在她身旁坐下後，從皮夾裡拿出五萬圓。「來，這是詩集的費用。」

佑紀奈抬眼看著他，「真的可以收下嗎？」

「當然。一本不是兩百圓嗎？兩百五十本就是五萬圓。」

她仍然帶著猶豫和遲疑，說了聲「謝謝」，收下玲斗遞給她的錢。

今天上午，玲斗傳了電子郵件給她，說想要買詩集，請她把剩下的所有詩集都帶來。同時還告訴她，他打算把詩集放在神社，免費送給來參拜的人。

「妳的詩集很棒，我想如果免費贈送，應該有很多人很願意帶回家。」

「希望如此。」

「一定是這樣。之前翔太很得意地告訴我，妳自己去賣的時候，不是一下子就賣了十本、二十本嗎？」

佑紀奈低頭不語。

「上次那個大叔還沒有付錢。他不是拿走詩集，想要逃走嗎？我原本打算下次看到他，就要催他趕快還錢，沒想到他現在被抓了。」

佑紀奈倒吸一口氣，而且玲斗發現她眼睛周圍頓時變紅。

「妳知道不久之前的強盜案嗎？一個名叫森部俊彥的企業家被人攻擊，現金還被搶走。警察懷疑是那個大叔幹的，所以逮捕了他。」

「好像聽說有這樣的案子……」佑紀奈越說越小聲。

「那個大叔雖然承認他偷偷潛入民宅，偷了東西，但堅稱並沒有傷害森部先生，也沒有搶走現金。如果他沒有說謊，就代表還有另一個人，是那個人攻擊了森部先生，但如果是這樣，那個大叔應該有看到對方。不知道當時到底是怎麼回事。」

「……你為什麼和我談這件事？」佑紀奈抬眼看著玲斗，聲音微微顫抖地問。

「啊，對不起。我離題了，其實有一樣東西要給妳。」

「給我？」

玲斗把手伸進工作服內側，拿出一個信封。

「那位大叔的律師帶了這封信給我，說希望轉交給寫詩集的女生。這好像是那個大叔寫的。警察當然已經確認過內容，判斷沒有問題。不好意思，我也看過內容了，是詩集的感想。」

「感想……」

「妳上次給他詩集時不是說，請他寫感想嗎？那個大叔遵守了和妳之間的約定。」

佑紀奈接過信封，從信封中拿出一張信紙。玲斗觀察著她看信時的側臉。她的睫毛不停地抖動。

信的內容如下：

詩集太棒了，每一首詩都很感人。雖然我說不清楚，但帶給我很大的動力，讓我覺得以後要更努力，不要輕言放棄，要好好做人，要努力做一個好人。妳的詩讓我有了這些想法，讓我獲得了重生，謝謝妳。

希望妳繼續多寫好詩，我衷心祈禱妳從今以後，能夠和以前一樣，和家人一起過幸福的生活。

久米田康作

佑紀奈抬起頭，她的眼神飄忽，一臉茫然。

「怎麼樣？」

佑紀奈連續眨了幾次眼睛，用力點點頭。

「我很高興。他這麼想……我……很感動。」

「他在信上寫著，希望妳能夠繼續過和以前一樣的幸福生活。」

「是……」

「我想那個大叔的意思是，妳只要像以前一樣就好。」

佑紀奈用力深呼吸，每次呼吸，瘦弱的肩膀跟著起伏。

「再說回那起案子，被害人森部先生說，攻擊他的歹徒是戴著面罩的高大男人。」

「啊？」佑紀奈驚呼，注視著玲斗。「男人？」

「所以說，不符合這個條件的人就不會被警方懷疑。」

佑紀奈的視線再次看向半空。

玲斗站起身，對著蹲在草叢中的佑紀奈的弟弟和妹妹叫著：「喂！」

兩個人跑回來，妹妹的右手拿著白色的花。

「我和你們的姊姊談完了，回家的路上請小心。」

「嗯。」翔太回答，「姊姊，我們回家吧。」

佑紀奈起身。她看著玲斗，似乎欲言又止。

「改天見。」玲斗搶先對她說，「下次有機會再見，我們可以慢慢聊。」

她的表情帶著滿滿複雜的情緒，輕輕點頭。

天空漸漸染紅，玲斗目送著他們在夕陽下離去的身影。

9

郵局提供便利袋的服務，用厚紙製成A4尺寸的信封，可以寄送書信和小型物品，也可以投入郵筒，然後利用追蹤服務，隨時掌握物品的配送狀況，是相當方便的郵政服務，但是不可用於寄現金。便利袋的背面印有『用便利袋寄送現金』為詐欺行為的注意事項。同時，警方提供給日本郵政過去曾經用於特殊詐欺的地址，一旦發現相同的地址，便會進行X光掃描，若發現裡面裝有現金，就會立刻報警處理，但據說仍然無法遏止遭到犯罪濫用的情況。

有一戶人家遇到了和這種犯罪完全相反的情況，他們不是用便利袋寄錢，而是收到了用便利袋寄送的現金。那戶人家不是別人，就是強盜案被害人森部的家。有一天，他們在家中的信箱發現便利袋，打開一看，發現裡面裝著現金。

便利袋中裝著帶有封條的一百萬現金和兩萬圓，總共有一百零二萬，而且還附了一張信紙，信紙上寫著以下的內容。

是我打傷了森部俊彥，搶走現金，和久米田康作無關。

這件奇妙的事很快就在網路上傳開，但並不是來自警方公布的消息，而是森部的妻子告訴朋友，那個朋友寫在社群網站上。玲斗是看了社群網站後知道的。

幾天之後。

「今天松子來過家裡。」晚餐時，千舟告訴玲斗，「她說接到岩本律師的電話，這幾天就會處分保留[3]釋放康作。」

「釋放？是無罪釋放的意思嗎？」

千舟搖搖頭。

「並不是這樣，而是之後再判斷要不要起訴。因為拘留期限即將屆滿，原本會以強盜致傷罪再次逮捕，但岩本律師透過熟識的刑警打聽後，得知之前被害人收到用便利袋寄來的現金，成為警方做出目前這個決定的關鍵。」

「請問是什麼意思？」

「嗯……」千舟放下筷子，拿起放在一旁的黃色記事本。「警方在詳細調查後，發現收到的就是遭竊的現金。據說鈔票上有森部先生的指紋。這些就意味著，除了康作以外，還有其他人涉案，而且那些紙鈔上還有其他指紋，但並沒有康作的，並且沒有發現手套碰觸的痕跡。」

「警察沒有考慮到久米田可能有共犯的可能性嗎？」

「警方似乎一直在懷疑這個問題，但大概無法證明。警方徹底調查過康作潛入森部家的路徑，如果有同夥，一定會留下痕跡。」

「所以是久米田逃走之後，又有其他人潛入，攻擊了森部先生嗎？」

「雖然只能這麼認為，但是聽岩本律師說，警方和檢方都覺得不太可能，因此懷疑康作以其他方式參與這起案件。岩本律師對松子說，警方很可能打算在釋放康作之後監視他的行動，否則不可能做出處分保留這麼不乾不脆的決定，而是會以入侵民宅和竊盜罪起訴

❷ 通常情況下，在逮捕和拘留期間，檢察官會對起訴或不起訴做出判斷。然而，由於某種原因，可能在拘留期間無法做出起訴或不起訴的判斷，或者認為時機不成熟。在這種情況下，將暫時保留起訴或不起訴的判斷，釋放被疑人，並繼續進行調查等工作。這就是所謂的「處分保留」。

他。」千舟闔起記事本，放回原來的位置。

「原來是這樣，但至少松子阿姨可以暫時鬆一口氣了。」

「總算避免了最糟的情況，但偷偷潛入別人家裡偷東西的行為本身就不應該。」

玲斗以前做過同樣的事，不知道該怎麼回答。他不發一語吃著晚餐。今天晚上的主菜是土魠魚西京燒。千舟似乎並不太喜歡吃肉。

「你完全沒有問我。」

「問什麼？」

「就是松子跟我之間的談話。你應該很好奇她受念時，接收到什麼意念。」

「確實很好奇，但不是規定我不能探究嗎？」

「話雖如此，但我很擔心你有沒有乖乖遵守規定。你當初不是基於好奇心提議要讓松子受念嗎？你竟然沒有試圖滿足自己的好奇心，實在太奇怪了，讓我感覺有點毛毛的。」

「真是冤枉，」玲斗噘著嘴說，「我努力克制自己的好奇心，雖然松子阿姨可能告訴妳某些事，但我想妳不可能跟我說。還是如果我問妳，妳就會告訴我？」

「當然不行啊。」

「看吧，我就知道。」

千舟再度放下筷子，注視著玲斗。她的眼神似乎想要看穿玲斗的內心。

「那五萬圓，你拿去做了什麼？」千舟突然問道，「你說你要買大學的教材，要我借錢給你，但無論怎麼想，都覺得買教材不可能花這麼多錢。你老實告訴我，到底拿了那些錢做什麼？」

玲斗急忙思考藉口，同時欽佩不已。千舟果然厲害，竟然在這個節骨眼問這件事，完全不像是有輕度認知功能障礙。

玲斗決定不再說謊隱瞞。他放下筷子，雙手放在腿上。

「我用來買了詩集。」

「詩集……就是上次、呃……」

「『喂，樟樹』詩集。早川佑紀奈親手製作的詩集。我買了兩百五十本，打算放在社務所前，讓大家自由索取。」

「詩集……」

「在購買詩集時，我給佑紀奈看了這個。」玲斗拿起手機。

他事先拍下交給佑紀奈的那封信，他找出那封信的照片，放在千舟面前。

千舟注視著那封信片刻，翻開記事本，開始思考，然後連續點了幾次頭。

「原來是這樣，我明白了。如果早知道這樣，就沒必要問你為什麼不想知道松子的受念內容。」她拿起原子筆，「以後不能隨便亂放。」

「對不起。」玲斗縮起腦袋。

「這次就原諒你，但是如果你下次再這樣，我不會饒你。」

「我知道，對不起。」

千舟吐出一口氣，把記事本和原子筆放在一起。

「我不會把你做的事告訴松子，這樣可以吧？」

「是。」玲斗回答。

隔天，玲斗在樟樹周圍拔草，聽到有人向他打招呼。「辛苦了，今天也很熱啊。」原來是中里。他鬆開領帶，把脫下的外套掛在肩上。

「除了管理社務所以外，還要一個人負責打掃和整理神社的院落嗎？真辛苦啊。」

玲斗站起身，「還有什麼事需要調查嗎？」

「只是來散散心。案件目前暫告一段落，只是想來這裡走走。」

「偵破了嗎？」

「我不是說『暫告一段落』嗎？並沒有完全解決。」

「聽說被偷走的現金用便利袋寄回被害人家中。」

中里撇著嘴角，但他的眼睛並沒有笑。

「很難封住老百姓的口，消息很快就會走漏，而且還在社群網站上宣傳，真是受不了。」

「總之並不是久米田攻擊被害人，然後搶走現金。」

中里抓抓鼻翼，「嗯，好像是這樣。」

「這代表竊賊和強盜接連進入一棟民宅犯案，看來這個姓森部的人素行大有問題啊。」

中里沒有回答，注視著半空中的某一點，好像下定決心般嘆氣。「不好意思，打擾你工作。」說完就轉身離去。

「會不會口渴？」玲斗對著中里的背影問道，刑警停下腳步回頭看他時，他又繼續說道：「要不要喝點冰烏龍茶？」

中里猶豫一下，點點頭。「那我就不客氣了。」

回到社務所，玲斗把寶特瓶內的烏龍茶倒進杯中，放在中里面前。

「你剛才說對了，」中里喝了一口烏龍茶後說，「那個姓森部的人，平時的確稱不上素行良好，他做生意很強勢，心狠手辣，樹敵不少，若是有人想要找機會報復也很正常。」

「所以那天剛好有兩個人都採取行動。到底發生了什麼事？」玲斗故意歪著頭。

「根據久米田的供詞，並且在結合想像的基礎上，整理出了那天大致的情況——」中里豎起食指，「首先，久米田從二樓的窗戶潛入，在一樓的收藏室內尋找豹頭假面曾經使用過的面罩。這時，森部把車子停進家中的車庫，從後門進入屋內。久米田聽到有人回家的動靜，從門縫中看到森部，於是就偷走面罩，從窗戶逃走。然後，另一名歹徒X出現，X和久米田相反，從那扇窗戶潛入屋內，搞不好X還看到久米田從窗戶逃走。X潛入屋內的目的就是為了偷竊，但森部當時正在客廳找東西。X拿起一旁的鈍器，從背後靠近。森部察覺動靜後轉過頭，然後試圖逃走，但X搶先一步揮下鈍器。X在室內翻找，找到現金後揚長而去，留下昏迷的森部——」中里拿起杯子，喝完烏龍茶後看著玲斗。「聽完有什麼感想？」

「太厲害了，」玲斗立刻回答，「原來是這樣的狀況，太令人驚訝了。」

「我剛才不是說，這些結合了想像的內容嗎？事實未必如此，如果百分之百相信當事人說的話，就會變成這樣的情況。」

「聽你的語氣，你們果然不相信久米田說的話。」

「並不只是他而已。」

「啊？」玲斗看著刑警的臉，「請問這是什麼意思？」

中里欲言又止，隨即改變主意，嘴角露出笑容。

「我好像說太多了，那就到此為止。謝謝你的烏龍茶。」說完，他站起來，準備走出社務所。

「請等一下。如果按照目前的情況，久米田會被判幾年？」

中里聳聳肩，歪著頭。

「不知道，雖然是不值錢的東西，但竊盜仍然是竊盜。」

「不值錢？」

「就是那個豹頭面罩，鑑定之後，發現是很粗糙的假貨，最多只值三千圓。森部當初花了五萬圓購買，久米田反而應該感謝他。」

「怎麼會有這種事……」

「那就改天見。」中里輕輕舉起一隻手，走出社務所。

玲斗確認刑警的背影遠去後，回到桌前打開筆電，點開桌面上的檔案。

那是一個音檔。是久米田松子受念的那天晚上，他從千舟的錄音筆上複製的，內容是松子和千舟的談話內容。

玲斗點選播放鍵，筆電喇叭最先傳出的是輕輕的笑聲。

（我真是沒用，真的想要開始說，卻又不知道該從何說起。）

那是松子的聲音。她的聲音有點緊張，也許是因為剛受念結束，她的情緒還不太穩定。

（先後順序完全不重要，妳想從哪裡開始說都沒問題。妳是不是接收到了康作的意念？）千舟用平靜的語氣催促著。

（我接收到了，太驚訝了。老實說，我仍然半信半疑。雖然妳有解釋過，但我沒有想到會是這麼一回事，各種東西一下子浮現在腦海中，沒有看過的景象或是沒有見過的人都接連出現在腦海。）

（那就是意念啊。）

（然後我漸漸知道了康作最在意的事。不是其他的事，是他潛入森部先生家時的情況。他在尋找職業摔角選手的面罩時，有人回家了。康作屏住呼吸，打算伺機逃走。結果聽到了說話的聲音。其中一個是男人，他立刻知道是森部先生，另一個人似乎是年輕女生。他豎起耳朵，聽到那個女生問，不是要去某家店嗎？森部先生回答說，今天在這裡就好啊，有很多情侶都會在家約會。既然妳收了我的錢，妳就是我的女朋友，難道不是嗎？那個女生反駁說，我只是打工，既然你這麼說，那我把剛才的兩萬圓還給你。）松子剛才就像中了邪似地一口氣說道，然後突然停下來。兩人陷入短暫的沉默。

（我曾經聽過，）千舟說，（好像有女生會收錢和自己並不喜歡的對象約會，雖然我無法理解這種事，但和森部先生在一起的女生，就是用這種方式打工。）

（康作似乎察覺到是這種情況。雖然他很好奇那個女生是誰，但他覺得眼前最重要的事就是趕快逃走，於是就從窗戶逃出去，然後在不遠處監視著森部先生的家。他好像在那裡逗留了三十分鐘左右。他真傻，一定是那時候被附近的監視器拍到了。）

（那麼康作看到那個女生了嗎？）

（他看到女生從車庫走出來，康作大吃一驚，那個女生只是高中生，而且他認識那個女生。一本詩集同時浮現在腦海中。）

（喔喔，）千舟的聲音說道，（我知道那本詩集，詩集名叫『喂，樟樹』，之前曾經放在月鄉神社。）

（好像是這樣。康作拿了詩集就想逃走，結果被人發現，剛好遇到製作詩集的女生出現，原諒了他。）

（玲斗曾經告訴我這件事。這樣啊……原來是製作那本詩集的女生……）

（隔天白天，康作看到新聞，看到案件報導後大吃一驚。因為新聞報導說，森部先生遭到攻擊，現金被搶走了。康作立刻知道是那個女生幹的。他在樟樹內想了一整晚，思考到底該怎麼辦。雖然他腦筋不靈光，但我相信他真的絞盡腦汁，最後做出結論。雖然決定去向警方自首，但絕對不會提那個女生的事。那個女生心地這麼善良，必定是基於什麼苦衷，才會打工做那種事。絕對是因為森部先生打算非禮她，她才會攻擊森部先生。她一定拚命抵抗，在情急之下打傷對方。雖然警方可能會懷疑自己，但是即便被冤枉是強盜，然後去坐牢，只要能夠救那個女生，那就心甘情願。自己從小到大，都不曾對任何人有過幫助，也許以後再也不會有機會幫助別人。好，無論如何都要保護那個女生——我那個笨兒子就這樣下定了決心。）

呼——電腦中傳來吐了一口長氣的聲音。

（雖然我滔滔不絕說了一大堆，但這就是案件的真相。對不起，我表達得不夠清楚，反正就是因為我那個笨兒子心血來潮，結果讓事情變得很複雜。）

（妳說得很清楚了，原來是這樣，但是康作不是很了不起嗎？）

（他是在偷東西之後這麼做，所以不值得稱讚。）

（希望那個女生可以感受到康作的心意。）

（這就不知道了，我相信康作並沒有這樣的期待。）

（那妳有什麼打算？要不要告訴岩本律師？）

（他會相信這種事嗎？）

（也許很難，但可以由我來向他解釋樟樹的威力。）

（我想一下。）

短暫的沉默後，松子開口。

（還是算了，對康作來說，這或許是一個良好的契機。看來他自己很清楚，之前的生活太荒唐了，我想看看他是不是真的能夠犧牲自己，是否真的能夠貫徹自己的決心。）

（但是，如果按照目前的形勢發展，可能會以強盜致傷罪遭到起訴。）

（那就到時候再說，我已經做好了心理準備。）

玲斗點下停止鍵。

自己恐怕一輩子都不會忘記當初聽到這番對話時的衝擊。他無法相信佑紀奈竟然做了那種事，正確地說，是不願意相信。

但是，回想從她弟弟口中聽到的話，就覺得很多事都有了答案。玲斗不認為有那麼多人會買那本詩集。佑紀奈拿了森部給她的錢貼補家用，然後說是賣詩集的錢。既然賣出去了，詩集就必須減少。她一定藏在某個地方。而玲斗後來買下的，就是那些詩集。

玲斗並不知道久米田的決心是否正確。從道德的角度來說，八成是錯誤的行為，但是，他並不認為必須揭露真相，只是必須讓佑紀奈知道久米田的心意，所以他代替久米田寫了信。那封信是偽造的，並非出自久米田之手。

佑紀奈似乎接收到久米田的心意了，最好的證明，就是她用便利袋把現金寄還給森部。

森部告訴警方是戴著面罩的男人攻擊他，那些都是謊言。森部並不希望真相公諸於世，那當然都是為了他自己著想。

希望事情可以這樣平安落幕——

但是，玲斗對中里的話耿耿於懷。必須提防那名刑警，只不過玲斗也沒有能力做任何事。

總之，必須湮滅這個證據。玲斗把音檔丟進電腦的垃圾桶。

10

〔給明天的我〕

今天一整天都沒有發生什麼特別的事。上午看了《星際大戰：抵抗勢力》，果然很無聊，看到第二集就放棄了。我完全同意自己在昨天之前的感想，應該不是因為心情的關係。

下午一點之後去了醫院。

圓臉的男人（肖像A）是主治醫生井上醫生。戴眼鏡的年輕男人（肖像B）應該是實習醫生，我不知道他的名字，他不停地寫筆記，但我不知道他在寫什麼。我覺得他把我視為教材，感覺有點不爽。

檢查和測試在等待一小時後知道結果。和上次相比，沒有太大的變化，醫生要我下個月再來回診。井上醫生說話的語氣雖然很親切，但我覺得只是表面工夫，這也無可奈何。

從醫院回家的路上，買了新的素描簿和色鉛筆。我把素描簿放在書架最下面那一層的右側，色鉛筆放在第二個抽屜裡，舊的色鉛筆放在原位。

放在桌上的紙上畫了我在醫院時想到的角色，從昆蟲進化而來的角色還沒有畫完。在思考戰鬥服的款式時有點想睡覺，於是就先放棄。如果明天的我想要畫，隨時歡迎。角色還沒有取名字。

懶得刷牙就上床睡覺了，如果明天早上起床時嘴巴很不舒服，那就對不起啦。

11

讀小學時，他曾經很愛滑板。隔壁鄰居一位讀高中的哥哥買了新的滑板，便把舊的滑板送給他。

他從家裡的壁櫥內找到那塊滑板，有一種懷念的感覺，正想玩滑板時，後方傳來母親的叫聲。「玲斗，功課寫好了嗎？」

呿，還是被發現了。

「等一下再寫。」他回答後走出家門。

眼前是月鄉神社的院落，他想要開始玩，但滑不起來，立刻摔了一個跟斗。奇怪，怎麼會這樣？我以前滑得很好啊。他又開始滑，果然又跌倒，後背重重地撞到地面。

「玲斗。」他又聽到叫聲。煩死了，我不是說了，功課等一下再寫嗎？

但是，叫他的聲音並沒有停止，一次又一次叫著。玲斗、玲斗。

他的意識漸漸清醒。這裡不是神社的院落，自己還躺在被子裡，後背的衝擊是有人在拍他。

他睜開眼睛抬起頭，發現千舟坐在旁邊，右手上拿著竹製的棉被拍。

「啊……早安。」

「還在早安啊，你知道現在幾點了嗎？」

「幾點……」玲斗看著放在枕邊的鬧鐘，「才九點多啊，今天是星期天。」

如果星期天沒有人預約祈念，玲斗就可以休假，不必去社務所。

「今天是九月的第幾個星期天？」千舟問。

「第幾個……啊！」玲斗急忙掀開被子，坐起身來。

「既然你已經想起來，就趕快做準備，早餐我已經準備好了。」

「好、好。」

「只要說一次就好。」

「好——」

玲斗重複著和千舟之間一成不變的對話，離開被子。

一個小時後，玲斗和千舟一起搭上電車。他們要去鄰町的公民館。每個月第二個星期天去那裡參加活動，成為他們最近的習慣。

他們在一個小車站下車，走路前往公民館。

公民館是一棟比較新的建築物，貼著模仿紅磚的磁磚，入口豎著一塊看板，看板上寫著『今天是幸福咖啡日』。

穿越大廳，走進後方的小禮堂。那裡有一個櫃檯，千舟付了參加費給女性工作人員。每個人五百圓，兩個人參加就是一千圓。

禮堂內排放著桌椅，可以讓大家坐著聊天。放眼望去，已經有好幾張桌子旁都坐了人，也有玲斗認識的人。大部分都是高齡者。

「千舟，這裡、這裡。」一個圓臉嬌小的老婦人向千舟招手。她是米村婆婆，是一個很愛聊天的老人家。陪在她身旁的那個四十歲左右的女人是她的女兒。

千舟走向米村婆婆的桌子，玲斗跟在千舟的身後。

「好久不見，妳最近好嗎？」米村婆婆問千舟，「啊喲，妳這件衣服很好看，是在哪裡買的？」和米村婆婆聊天時，別人還來不及回答她第一個問題，她就馬上問了第二個問題。這是她的習慣。

「這是家裡的舊衣服。」千舟笑著回答。

一名年輕女子走過來，問他們要點什麼飲料。千舟點了咖啡，玲斗也是。

「他是妳的孫子嗎？」米村婆婆看著玲斗問。

「不，他是我的外甥。」千舟回答說，「是我妹妹的兒子。」

「啊喲，原來是這樣啊。我是米村，請多指教。」她對玲斗說完後笑笑，「我之前可能已經自我介紹過了，如果是這樣，就請多包涵。」

「好，沒問題。」玲斗笑著回答。米村婆婆的女兒滿臉歉意。

米村婆婆的確說得沒錯。這已經是她第三次自我介紹。上次和上上次，她也都問玲斗是不是千舟的孫子，然後重複了和今天完全相同的內容。但是，沒有人會糾正她，沒有人會把這種事放在心上。這裡，就是允許這種情況發生的地方。

千舟發現了有失智症咖啡店這種地方。輕度失智症的人，還有像千舟那樣，有輕度認知功能障礙的人，都會在失智症咖啡店內傾訴彼此的煩惱，或是交流資訊。起初都是千舟獨自參加，之後命令玲斗一起過來，好為將來做準備。

玲斗第一次來這裡之前很不安。他原本以為這種地方的氣氛都很陰鬱灰暗，完全無法想像這裡的人都在開心聊天。
沒想到來了之後大吃一驚。參加者都很開朗健談，而且積極活潑，面對初來乍到的玲斗時，都會主動和他聊天。但是，並非完全感受不到這些人有認知障礙，有時候會雞同鴨講，有些人則是一再重複相同的話，但是，這種積極參與社會的意識，顯然為容易陷入鬱悶的他們帶來活力，可以充分感受到他們在和相同境遇的人聊天時，擺脫了內心的孤獨感。
但是，玲斗後來從千舟口中得知，並不是所有的失智症咖啡店都像這樣充分發揮功效。在許多失智症咖啡店內，並不是罹患失智症的人愉快聊天，而是陪同他們的照護者或是家人相互聊天。他們的聊天話題無非就是照顧失智者病人有多麼辛苦，完全不在意就在旁邊的當事人，聽到這些談話內容會有什麼樣的感受。
千舟稱那種地方是『漠視當事人咖啡店』，如果去那種地方參加活動，完全開心不起來。千舟去許多失智症咖啡店參加過活動後，確信這裡最舒服，對自己有正面的幫助。
「我覺得對你也會有幫助。」千舟當時對玲斗這麼說，「你在那裡會聽到各種不同的情況，有助於預測以後可能會發生在我身上的事，作為日後的各種準備的參考。我當然希望那一天越晚出現越好，如果可以，希望這一天永遠不要出現。」

玲斗聽了，不禁很難過。原來千舟去找失智症咖啡店並不只是單單為了讓自己心情愉快，要具備多麼強韌的意志，才能夠做出這麼冷靜的判斷？玲斗覺得自己一輩子都無法達到千舟的境界。

米村婆婆拿出三本繪本放在桌上，正一個勁地對千舟說著什麼。玲斗聽了一下，原來米村婆婆為了預防失智症惡化，同時兼做公益，去育幼院為幼童讀繪本。米村婆婆說，和小孩子相處有助於刺激大腦，邀請千舟一起加入。千舟聽了之後回應，她對自己的聲音沒有自信，而且不喜歡幼童，拒絕了米村婆婆的邀請。玲斗在一旁聽著，覺得千舟其實可以試試，而且他並不討厭千舟略帶沙啞的聲音。

玲斗打量四周，發現其他參加者都找到互動對象，開心地聊著天，還有一張桌子旁聚集著好幾組人。

玲斗在不遠處看到陌生的臉孔。四十歲左右的女人帶著看起來像中學生的男孩，兩個人看起來和這裡格格不入。他們附近沒有老人，看起來不像是陪別人來這裡。

今天來這裡義務幫忙的護理師上野，正在和那對母子說話，中年女人嚴肅地說著什麼，但男孩興趣缺缺，低著頭看手機。男孩皮膚很蒼白，脖子很細。

上野突然環顧會場，剛好和玲斗四目相對。她似乎想到什麼，起身走向玲斗。

「玲斗，可以麻煩你一下嗎？」

「有什麼事？」

「我想把你介紹給一對母子，他們今天第一次參加，基於某些複雜的原因，所以想找你幫忙。」

「喔……只要我能夠幫得上忙當然沒問題。」玲斗拿起飲料起身。

上野走回中年女人和男孩所坐的那張桌子，叫了一聲「針生小姐」。女人抬起頭，但男孩仍然低頭看著手機。男孩戴著耳機，可能在看影片。

「這位是直井玲斗，他陪他的阿姨來參加。我在想，妳兒子可能比較願意和年輕男生聊天。」

「這樣啊，謝謝。我姓針生，請多指教。」女人起身鞠躬。她似乎是男孩的母親。

「我姓直井，請多指教。」玲斗欠身回禮。

「元哉，」母親叫著男孩，「你也來打個招呼。」

男孩不悅地抬起頭，但是沒有看玲斗一眼，只是輕輕點了一下頭。

「要站起來呀。」母親斥責著兒子。

「煩死了。」男孩有些彆扭，「不用了，我又不想和別人說話。」

「你在說什麼啊，都已經來參加了。」

「是妳說要來的，我根本不想來這種地方。搞什麼啊，這裡全都是老人。」

「所以上野小姐找了直井哥哥來陪你聊天啊。」

「不用了。」男孩用指尖操作手機後站起來，快步走向出口。

「啊，元哉，你等一下。」母親叫著，但男孩並沒有停下腳步，最後終於離開會場。

「不好意思。」女人滿是歉意地看著玲斗和上野，「直井先生特地過來……」

「不，我沒事。」

「妳要不要先去找元哉？」上野問。

「……好，真的很抱歉。」女人拿起皮包，快步趕上兒子。

玲斗目送著她的背影，上野向他道歉。「對不起，沒想到會讓你不愉快。」

「我並沒有不愉快，只是搞不太清楚狀況。」

「是啊。」

上野看向出口的方向，確定剛才的女人離開後，小聲地說：「他們好像來錯地方了。」
「來錯地方？」
「那個男孩罹患了腦腫瘤。」
「啊……」
「半年前雖然動了手術，但好像並沒有切除乾淨，要持續接受治療。」
「真可憐，他的年紀還這麼小。」
「接下來才是重點。他在接受手術後，記憶出現障礙，並不是健忘的程度而已，而是最近的記憶會完全消失，而且情況越來越嚴重。現在已經惡化到今天發生的事，明天就會忘記，但手術之前的事，都記得很清楚。」
原來是這樣。玲斗恍然大悟。
「雖然清楚記得以前的事，但容易失去短期記憶，這是阿茲海默型認知障礙的典型症狀，我的阿姨也是這樣，所以她都隨時把重要的事寫在記事本上。」
上野露出無力的笑容，搖搖頭。
「他媽媽說，他不是容易失去記憶，而是必定會失去。到了明天，他就會忘記今天在這裡和我們見面的事。只要睡一覺，所有的記憶都會歸零。」

「睡一覺就忘記？」

「聽說只要睡著之後，之前的記憶就幾乎都會消失。像是曾經見過的人，或是去過的地方會有一點隱約的印象，但會完全忘記那張臉的主人是誰，那個地方是哪裡，以及曾經在那裡發生了什麼事。雖然不睡覺就可以避免忘記，問題是不可能永遠不睡覺。」

玲斗忍不住不停地眨眼，「沒想到竟然有這種症狀……」

「他剛才不是在用手機看影片嗎？」

「是啊。」

「聽說他已經看了很多次，但是早上起床後，就會把內容忘得一乾二淨，於是又從頭開始看。」

玲斗不知道該如何表達感想，陷入沉默。如果自己身處相同的狀況，會有怎樣的心情？他無法想像男孩的心境。

「我因為工作的關係，曾經接觸過好幾個罹患腦腫瘤的病人，但從來沒有遇過這麼極端的記憶障礙。他目前是國中二年級，向學校請了長期病假。他說無論再怎麼用功，今天學，明天就忘記的話，學習根本沒有意義。他說的也有道理。」

「那麼，他怎麼會來這裡？」

玲斗問，上野無力地吐了一口氣。

「他目前處於這樣的狀態，整天都關在家裡，完全不和外界接觸。他媽媽覺得這樣下去不行，四處蒐集資訊，覺得也許和有相同煩惱的人能聊得來，於是就決定來參加這裡的活動。這家失智者咖啡店在網站上宣稱這裡是有大腦障礙的人相互交流的地方。」

「原來如此，所以妳才會說他們來錯地方了。」

「其實不能說來錯地方，我很希望像他那樣的小朋友可以一起參加，但是考慮到他們的心情，可能沒辦法勉強。」上野微微聳聳肩。

「他們可能不會再來了。」

「應該是。」

「妳剛才介紹說，他們姓針生？很特別的姓氏，請問要怎麼寫？」

「針線的針，生活的生。」上野在說話時，用指尖在空中寫字。

母親名叫冴子，兒子叫元哉。玲斗記下他們的名字，但是猜想以後不會再見到他們了。

12

〔給明天的我〕

媽媽帶我去公民館，她說有很多有腦部疾病的人都會在那裡聚會、聊天。

雖然我不太想去，但又覺得如果有像我一樣的年輕人，我會想和對方聊天，於是就過去看看。

但是，那裡和我想像的完全不一樣，都是一些失智症的爺爺、奶奶，坐在那裡喝茶聊天。

我再也不想去那種地方，去了只會後悔而已。就算媽媽要我去，我也要拒絕。

除此以外，一整天都沒有發生任何事。《星際大戰：瑕疵小隊》看到第二季的第三集，看了昨天的日記，好像從第六集之後就會變得精采，但我敵不過睡意。話說回來，我還是很在意『抵抗勢力』。雖然過去的我認為不好看，但真的是這樣嗎？今天已經沒時間了。今天的我就到此為止。明天的事就交給明天的我。晚安。

13

玲斗猜錯了。他原本以為再也不會見到針生母子，但在『幸福咖啡日』十天後的白天，他又再次遇到了針生元哉。地點在三鷹市一家大學醫院。他陪千舟去醫院做定期檢查，在腦神經外科的候診室等待時，看到元哉獨自坐在角落的座位。玲斗打量周圍，並沒有看到他母親的身影。

元哉並沒有在看手機，他把素描簿攤在腿上，右手拿著鉛筆畫畫。

千舟的主治醫生正在為她進行檢查測驗，玲斗起身，走向元哉。他在開口之前看了元哉的素描簿，不禁大吃一驚。上面畫著一個戴著詭異的面罩，全身纏著破布的人，而且畫得很精緻，很立體，很有真實感，難以想像是鉛筆畫出來的。

元哉似乎察覺到有人影靠近，他抬起頭，看到玲斗，訝異地皺起眉頭。

「你好。」玲斗笑著打招呼。

沒想到元哉很緊張，闔起素描簿，抱著原本放在旁邊的背包站起來，轉身逃也似地離開了。

玲斗知道自己犯了錯，他慌忙追上去道歉。

「對不起，你是不是不記得我了？」

男孩停下腳步，戰戰兢兢地轉過頭。

「我們十天前見過，你媽媽有沒有告訴你去公民館的事？」

元哉不悅地皺起眉頭，搖搖頭。玲斗意識到剛才問錯問題。如果上野說的話屬實，即便元哉的母親曾經告訴他，如果不是今天說的，就無法留在他的記憶中。

玲斗再次體認到男孩的狀況比他想像中更嚴重，內心一陣錯愕。他很後悔剛才向男孩打招呼。

「怎麼了？」這時，身後傳來一個女人的聲音。玲斗回頭一看，發現針生冴子正向他們走來。她看到玲斗，停下腳步，發出「啊！」的驚呼。

「妳好。」玲斗向她打招呼，「那天很高興認識你們。」

「你是……直井先生。」

「對，我是直井玲斗。」

「那天真的很抱歉。」冴子鞠躬說道。

「請妳不要道歉，我聽上野小姐說了，難怪元哉會覺得不舒服。剛才我突然向他打招呼，似乎嚇到他了……」

「這樣啊。」冴子走向低頭站在那裡的兒子。「這位是直井哥哥，上次想要和你當朋友，你是不是記得哥哥的臉？你跟哥哥打聲招呼。」

元哉緩緩抬起頭，說了聲「你好」。和上次相比，他今天很乖巧，也許說他有點怯懦更貼切。

「你是針生元哉吧，請多指教。」

但是元哉表情很僵硬。玲斗著急起來，覺得必須說點什麼，但腦海中浮現的是剛才看到他素描簿上的畫。

「是砂人吧。」

玲斗說，元哉立刻出現反應，他微微瞪大眼睛。

「就是那幅畫，」玲斗指著男孩手上的素描簿，「是《星際大戰》中出現的砂人吧？」

元哉臉頰稍稍抽搐，然後開口，用沙啞的聲音說：「是塔斯肯襲擊者。」

「這是正式的名字。」玲斗笑著說，「砂人是俗稱，正確的名字是塔斯肯襲擊者，是住在塔圖因星上野蠻的原住民。」

「他們並不野蠻。」元哉露出反抗的眼神否認，「他們救了波巴．費特。」

沒想到元哉對這個話題很有興趣，玲斗覺得必須好好利用。

「但是他們綁架安納金的母親，嚴刑拷打她，最後害死了她。」

「那是白卜庭的陰謀，塔斯肯根本沒有理由要拷問西蜜。」元哉生氣地反駁。

「你知道得真詳細。」玲斗發自內心佩服，「你喜歡《星際大戰》嗎？」

元哉輕輕點點頭。「小時候被迫看了很多集。」

「啊？誰強迫你？」

元哉打住，低下頭。

「是他爸爸。」冴子說，「他是《星際大戰》迷，他以前有所有的星際大戰遊戲，經常會看電視上播出的相關節目。」

玲斗發現她在提到元哉的父親時，用了過去式，忍不住有點好奇。

「元哉爸爸現在……」

「沒有和我們住在一起。」冴子的嘴角浮現笑容，「我們兩年前離婚了。」

「啊，原來是這樣。」

難得和元哉聊得很開心，沒想到話題又轉向尷尬的方向，玲斗著急起來，正思考著要如何挽回時，元哉翻開素描簿問：

「你知道這是誰嗎？」

素描簿上畫著一個有著細長臉和身體的機器人。在《星際大戰》中，機器人稱為Droid。

「我見過，是『曼達洛人』裡的獎金獵人，名字好像是IG-11。」

「答錯了。」元哉聽到玲斗的回答，開心地說，「正確答案是IG-88，是《星際大戰：帝國大反擊》中，和波巴・費特一起出現的角色。」

「有這個角色嗎？」

「只出現了一下，IG-11的手臂在改良之後，更擅長運用武器。」元哉拿出自己畫的圖，詳細解釋。他的表情很豐富。

「原來是這樣，我第一次知道。」

「你不知道很正常，但是——」元哉看著玲斗，遲疑地說：「直井哥哥，你也知道得不少。」

「我媽很喜歡星戰，她朋友送她一些中古片，她經常在家裡看。我受她的影響，成為星戰迷，但是七部曲之後就沒什麼好看了。」

「哈哈哈。」元哉笑了。那不是假笑，看起來是真心的。

「那你有看過所有的影集嗎？」元哉問他，「像是動畫《複製人之戰》和《反抗軍起義》。」

「不，我沒有看這些，我對動畫沒什麼興趣。」

「那怎麼行？」元哉嘟起嘴，「《複製人之戰》和《反抗軍起義》中，有很多在《星際大戰》中沒有公開的要素，像是原力是什麼。如果不看影集，就不算是星戰迷。」

「是嗎？真是對不起。」

玲斗不記得說過自己是星戰迷，但還是道了歉。

元哉又翻開素描簿的另一頁給玲斗看，「那你知道這是誰嗎？」

上面畫著一個玲斗完全沒見過的角色。頭部看起來像昆蟲，但穿著戰鬥服的身體更接近人類。玲斗搖搖頭，「我不知道，我沒見過這個角色。」

元哉得意一笑。

「當然啊，因為這是我想出來的角色。」

「是嗎？你畫得真好。」

「如果我早出生十年就好了，我就會去美國，參加《星際大戰》的製作。」

「很棒啊，現在也來得及。」

元哉收起前一刻的燦爛表情，緩緩搖搖頭。

「沒關係，不需要對我說這些話，我不想聽。」

玲斗再次發現自己做了蠢事。隨口說出這種平庸的安慰話語，只會傷害男孩的心靈。

元哉把素描簿放回背包。

「玲斗。」氣氛開始變得有點尷尬時，後方傳來叫聲。是千舟。玲斗有一種得救的感覺。

「遇到熟人嗎？」千舟問。

「之前不是和妳提過嗎？就是上次在『幸福咖啡』遇到的針生弟弟和他的媽媽。」

千舟的視線飄忽，搖搖頭。「對不起，我不記得了。」
「是嗎？那就算了。」
「媽媽，」元哉開口，「我們回家吧。」
「好啊——直井先生，方便請教你的聯絡方式嗎？」
「沒問題。」玲斗從皮夾中拿出名片交給她。
「月鄉神社……就是有一棵樟樹的神社吧。」冴子看了名片後問。
「妳知道我們神社？」
「很久以前去過，你在那裡工作嗎？」
「對，我每天都在神社，歡迎你們隨時來走一走。」
「是嗎？有機會的話，一定去拜訪。」
「媽媽。」元哉再次催促著。
「知道了——直井先生，那以後有機會請多指教。」
「請多指教。」玲斗回答後，將視線移向元哉。「謝謝你，和你聊天很開心。」
男孩輕輕點點頭，他似乎略微恢復了一絲開朗的表情。

玲斗轉頭看向身旁，發現千舟正打開記事本。

「剛才的男生就是只要睡一覺之後，記憶就會消失的男孩。」

千舟的記事本上似乎記下了這件事。玲斗回答：「沒錯。」

「他的年紀還這麼小，真是太可憐了。但是他媽媽更加痛苦，我相信要讓那個孩子不要失去活下去的動力，不是一件容易的事。」

玲斗聞言嚇了一跳。玲斗知道，千舟每天都很努力打起精神。

玲斗決定改變話題，「檢查的結果怎麼樣？」

千舟輕輕點頭。

「算是差強人意。雖然比上次退步了些，但並沒有差太多，差不多就是這樣，醫生說，就繼續服用目前的藥。」她從皮包裡拿出錄音筆，「如果你不相信，可以自己聽一下。」

「醫生還說什麼？」

「醫生希望我增加和社會接觸的機會。我現在負責樟樹祈念者的面談，還會去失智症咖啡店，除此以外，還能夠做什麼。」

「那個怎麼樣？就是朗讀繪本，米村婆婆上次不是建議妳也加入嗎？」

「朗讀給小孩子聽嗎？我可沒這個能耐。」千舟皺著眉頭，握緊錄音筆，邁開步伐。

14

〔給明天的我〕

今天在醫院的候診室畫塔斯肯，一個陌生的男人和我說話。他說曾經在公民館見過我，但我完全不知道他在說什麼。

我看了十天前的日記，上面寫說那天去了公民館。當時似乎覺得那裡很無聊，以後再也不要去，但是日記上並沒有提到那個男人。

他是直井哥哥，沒想到他對《星際大戰》很熟，雖然不知道IG-88，但是知道IG-11，還知道塔斯肯襲擊者綁架了安納金的母親，把她折磨至死。很可惜，他沒有看動畫系列，所以我想他應該不知道亞蘇卡和艾斯納・包力格。

很開心難得有機會聊《星際大戰》。即使在生病之前，我也從來沒有和朋友聊過，因為大家都對《星際大戰》不太熟。

直井哥哥說，七部曲之後都沒什麼好看。他應該真的很喜歡《星際大戰》，而且應該是好人。如果明天的我去找他，應該絕對不會後悔。

15

在醫院巧遇針生母子三天後的星期六，玲斗接到針生冴子的來電，問她兒子今天可不可以去月鄉神社找他。玲斗回答說當然沒問題。

「但是元哉應該不記得我了吧。」

「他應該沒有記憶，但是他說想去找直井哥哥這個人。」

「妳有和他聊過我嗎？」

「我什麼都沒說，他好像是看了日記之後想去找你。」

「原來他有寫日記。」

「從他開始有記憶障礙開始，就會把當天發生的事寫下來，應該寫下那天在醫院遇到你，和你聊了《星際大戰》的事，他看完那天的日記後，想要再和你見面。」

「原來是這樣。」

「百忙之中打擾你，真的很不好意思，如果我兒子去找你，可以請你陪他聊聊天嗎？

只要三十分鐘就好。」

「我知道了。不要說三十分鐘，一兩個小時都沒問題，妳不陪他一起來嗎？」

「對。他說要一個人去，如果我陪在旁邊，他一定會覺得很煩。」

國中二年級的學生應該會這麼覺得。「那我就在神社等他。」玲斗說完掛上電話。

大約一個小時後，玲斗正在院落內拔草，元哉出現了。他看到玲斗後，又看看手上的手機，然後走向玲斗。

「你是……直井哥哥嗎？」他戰戰兢兢地問。

「是的。」玲斗點點頭，「你剛才用手機看什麼？」

元哉露出意味深長的笑容後搖搖頭，「秘密。」

「為什麼？給我看一下嘛。」

「那個是，我畫的你。」

玲斗聽到意想不到的回答，瞪大眼睛。「我？」

「對啊。」

「那我更加想看了。」

「不要啦，很丟臉欸。」

「沒關係，我只看一眼就好。」

元哉皺起眉頭，有點為難，但並沒有不高興。「好吧。」他把手機螢幕遞到玲斗面前。

玲斗看到手機上的畫，忍不住苦笑。尖下巴、朝天鼻，一雙眼尾微微下垂的眼睛，完全就是自己沒錯。他很佩服元哉用幾條簡單的線條，就充分表達出自己的特徵。那張畫的下方寫著『直井玲斗哥哥』。

「畫得很好。什麼時候畫的？」

「上次見面的晚上。我會把可能會再見面的人畫下來。」

「是喔，你憑記憶就可以畫得這麼傳神。真的很厲害。」

「對我來說，任何事都會以視覺的方式留在記憶中。像是人名，如果只是聽到，很快就會忘記，但是用文字視覺記憶，就不會忘記。也因為視覺記憶的關係，我可以清楚記得人臉。今天發生的事，都會以影像的方式留在記憶中。」他有點得意地說到這裡，又繼續說道：「但是，只能維持到睡覺之前，等一覺醒來之後，就幾乎全都消失了。雖然見過的人的長相會以圖像的方式留在記憶中，但是完全不記得那是誰，我和他說過什麼話。所以我會把對方的臉畫下來，然後寫上名字，這樣的話，只要看日記，就知道記憶中的那張臉是誰。」

「原來是這樣，這樣也很了不起。」玲斗說完後有點不安，不知道自己是否又說錯話了。

但是元哉並沒有不開心，對他說了聲「謝謝」，玲斗才終於鬆了一口氣。

「我們去社務所，你想喝什麼飲料？有可樂和烏龍茶。」

「那我要喝可樂。」

「OK。」

走進社務所，玲斗從冰箱裡拿出寶特瓶裝的可樂。

「我的日記上寫著，你覺得七部曲之後都不好看，那首部曲到六部曲為止，你最喜歡哪一部？」元哉問。他馬上就開始討論《星際大戰》了。

「當然是五部曲啊。」

「是『帝國大反擊』嗎？很普通欸，我最喜歡三部曲『西斯大帝的復仇』，歐比王·肯諾比的死戰在《星際大戰》堪稱顛峰。」不知道是否因為談到了最愛的電影，元哉說話的語氣變得輕鬆起來。

「的確很震撼。」

「你最喜歡哪一個角色？」

「啊？應該算是韓．索羅。」

「怎麼又這麼沒創意？」元哉身體向後一仰，「我絕對大推亞蘇卡．譚諾。」

「喔喔，」玲斗嘆了一口氣，「我不太清楚這個角色。」

「那是因為你沒有看『複製人之戰』。」元哉斷言道，「你有機會看一下，保證你絕對會愛上。」

「你上次就大力推薦過，好像是系列動畫的影集？下次見面之前，我會看完。」

「一定要看，只不過要全部看完可沒這麼簡單，總共超過一百三十集。」

「一百三十集？真的假的？」

「續篇的『反抗軍起義』也有七十集左右，夠你看好一陣子。」

「總共兩百集嗎？的確暫時不怕無聊了。」

「其實動畫系列還有一部『抵抗勢力』，時間設定在七部曲的六個月之前，劇中的人物都一樣。」

「七部曲的外傳嗎？那好像不太吸引人。」玲斗撇著嘴角。

「你說對了，」元哉皺著眉頭，「一點都不好看，看到第二集就開始覺得無聊了。我看了日記，之前好幾次想要堅持看到最後，但每次都失敗。我一直覺得不可能這麼難看，所以今天早上又看了一點，果然超無聊，真心覺得很可惜。如果很有趣的話，我以後就可以一直看得很開心。反正我隔天就會把故事情節忘光光。」

玲斗帶著複雜的心情聽著元哉自虐的玩笑，但是他沒有說什麼，只是靜靜地一笑。

他們之後又繼續聊著《星際大戰》的話題，聊得不亦樂乎。元哉知道很多玲斗完全不知道的星戰知識，而且說得眉飛色舞。

元哉喝完第一杯可樂時，玲斗拿出水果果凍。那是他珍藏的點心。

元哉吃了之後，說很好吃。

「這不是在蛋糕店買的，而是一家名叫『巧屋本舖』和菓子店的果凍，我朋友在那家和菓子店上班，之前帶來送我。平時我都會馬上吃掉，幸好這次留著沒吃。」

「是喔，和菓子店啊……不知道那裡有沒有賣大福。」

「大福？應該有，你喜歡吃大福嗎？」

「也不是說喜歡，只是有一種大福，一直很想再吃一次。以前附近一家和菓子店有賣那種大福，我經常去吃。聽說那不是向其他店家進貨，而是那家店自己做的，那家店的大福有點特別，裡面有一顆梅子。其他店有賣相似的商品，我也去買過，吃了之後，味道完全不一樣。雖然我說不出來哪裡不一樣，但反正就是不一樣。真希望在死之前，可以再吃一次那種大福。」

「在死之前再吃一次，未免太誇張了。既然你這麼愛吃，再去那家店買不就行了嗎？不就在你家附近嗎？」

「那家店在以前住的地方附近，離現在住的地方很遠，但我曾經搭電車想去吃，沒想到那家店不在了。原本經營那家店的老夫妻年紀都很大，搞不好都已經過世。」

「原來是這樣啊，那家和菓子店叫什麼名字？」

「我不記得了，我以前根本不在意店名。」

有時候的確不會去注意附近店家的店名。

「你記得以前的住址嗎？」

「那我記得。」元哉立刻流利地說出地址。那是東京都江東區。「你為什麼問我地址？」

「我剛才不是說，我朋友在和菓子店工作嗎？我打算請他幫忙打聽一下，搞不好還有同個體系的店家。」

「希望有。」元哉說完之後，「啊」了一聲。「請不要在我媽面前提到這件事。」

「為什麼？」

「以前的家，是爸媽離婚之前住的地方，這樣不是會有點尷尬嗎？」

「喔喔，原來是這樣……我知道了。」

元哉把果凍送進嘴裡，微微歪著頭。「男人為什麼要外遇？」

正在喝可樂的玲斗差一點嗆到。「為什麼突然問這個問題？」

「為什麼結婚、生下孩子，建立家庭，卻要破壞好不容易建立的家庭呢？我完全無法理解。」

「你該不會在說你爸爸？」

元哉輕輕點點頭。

「這樣啊。」玲斗吐了一口氣。
「你會和爸爸見面嗎？」
「好像……每個月會見一次面。」
「好像？」
「手術之後，我都不記得見面的事。」
「見面之後，你不會寫日記嗎？」
「我沒寫下來，所以我想應該不怎麼開心吧。」
他的言下之意，就是如果開心的話，就會寫在日記上。
「對不起，」元哉道歉說，「這種事很無聊吧，我不說了。」
「多吃幾個果凍。」
「謝謝。」元哉伸手拿新的果凍時問：「這是什麼？」
他的視線看向『喂，樟樹』的小冊子。那裡放了好幾十本。
「喔，你是問這個啊。」玲斗拿起其中一本，放在元哉面前說：「這是詩集，是住在附近的一名女高中生寫的作品。原本一本想賣兩百圓，根本不可能賣出去，我就買下來了，免費贈送給想要的人。」

「是喔。」元哉說著，看著詩集的封面，封面上畫了樟樹的插圖，那是作者早川佑紀奈畫的。

「她和你不同，畫得不怎麼好，只能請你多包涵。」

「我沒這麼想。」元哉緩緩翻開詩集，看他的眼睛，就知道他在看詩集上的文字。看他的樣子，似乎並不覺得無聊。

元哉看完最後一頁，抱著雙臂。他沉默不語，似乎在思考什麼。

「怎麼了？這本詩集很無聊嗎？」

「沒有，」元哉搖搖手，「我覺得每一首詩都很棒，我腦海中浮現了很多畫面，只是在思考，如果要畫出來，會是什麼樣的感覺。」

「畫出來？」

「比方說……」元哉說著，從背包裡拿出素描簿，攤在桌子上，然後拿起鉛筆開始作畫。不一會兒，他放下鉛筆，把素描簿拿給玲斗看。

上面畫了大小兩個人影。比較高大的人影是長髮女人，穿著寬鬆的衣服，張開雙手。

一個瘦小的男孩站在她面前，抬頭看著高大的女人。
「這個女人，該不會就是樟樹？」
「答對了！」元哉開心地說，「你竟然一猜就中。」
「只是有這種感覺。」
「我看了『喂，樟樹』這首詩的瞬間，腦海中閃過這個念頭，覺得這棵樟樹是女神，幾百年來，都守護著人類。」
「女神……」
玲斗想起了月鄉神社的樟樹。雖然他從來不曾像元哉這麼想過，但聽他這麼說，就覺得很有道理。原來那棵樹是女神——
「這幅畫可以送我嗎？」玲斗問他。
「可以啊，你要這幅畫做什麼？」
「我想給詩集的作者看，她有時候會來這裡。」
「那就再等我一下，我再畫得好一點，而且還想上色。」元哉從背包中拿出色鉛筆的盒子。

「你隨時都把這些工具帶在身上嗎？」

「我希望有靈感的時候可以馬上畫下來。」元哉在回答的時候，並沒有停下畫畫的手。想必他發自內心喜歡畫畫。

元哉轉眼之間就完成了。玲斗看著畫，瞪大眼睛。女神穿著深綠色的衣裳，以複雜曲線畫出的衣衫皺褶，臉上的微笑帶著慈悲。

「真是太厲害了。」

元哉從口袋裡拿出手機，拍下自己的畫，然後小心翼翼地撕下那一頁說：「給你。我本來想多花一點時間，畫得更加完美。」

「現在已經夠完美了。」玲斗接過畫，「我相信寫詩集的女生會很高興的。」

「如果她不喜歡，請你丟掉。」

「我才不會丟掉。你要不要帶一本詩集回去？」

「好，謝謝。」元哉把素描簿和色鉛筆，連同詩集一起放回背包，然後看著手機。

「已經這麼晚了，打擾你工作了。」

「沒關係，你可以慢慢坐啊。」

「今天就不多耽誤你，不要讓你覺得這傢伙一來，就影響你的工作，那就傷腦筋了。」元哉揹起背包，「我下次可以再來嗎？」

「沒理由不行啊。」

元哉帶著一絲遲疑開口。

「我在星期三的日記上寫，直井哥哥是好人，去和他見面應該絕對不會後悔。今天晚上我會寫，他果然是好人，我改天要再去和他見面。」

「你不要給我這麼大的壓力啦。」

玲斗苦笑著說，元哉開心地笑了。

玲斗站在社務所前，目送元哉穿越神社院落，離開的身影。

晚上吃晚餐時，接到針生冴子的電話。

「謝謝你今天花時間陪我兒子，真的萬分感謝。元哉說很開心，他說從來沒有和任何人聊這麼多《星際大戰》。」

「那真是太好了，我也很開心。」

「聽你這麼說，我就放心了，請問他下次可以再去找你嗎？」

「當然可以，隨時都可以，不必客氣。」

「謝謝。」冴子再次道謝。

掛上電話後，玲斗準備繼續低頭吃飯，發現千舟看著他。

「幹嘛？」

「原來會有人打電話感謝你，真是讓人感覺到歲月的流逝啊。」

「我可不是整天都在做壞事。」

「我知道，但你還是做過壞事。」

「真是哪壺不開提哪壺。」玲斗拿起筷子，打量著千舟的臉，同時想起元哉的畫。

他覺得樟樹女神和千舟很像。

16

「那是梅子大福。」

大場壯貴重新蹺起二郎腿，拿起裝著啤酒的杯子喝了起來。他早就脫下西裝外套，領帶也鬆開了。

「你知道甘露煮青梅嗎？就是慢慢把梅子煮軟，再用砂糖調味，然後放在大福的內餡中。有好幾家和菓子店都有賣，但我們沒有賣這款商品。」

「他說是那家店自己做的。」

壯貴聽了玲斗的話，興趣缺缺，冷淡地說：

「做起來並不難，外行人也可以做，所以有百百種不同的味道。」

「你果然很瞭解。」玲斗拿起檸檬沙瓦，注視著壯貴。「不愧是『巧屋本舖』的繼承人。」

壯貴一臉沮喪，舉手做出趕人的動作。

「別鬧了，這種程度的小事就被說是很瞭解，反而讓我覺得屈辱，而且目前根本沒有決定公司由我繼承，我現在只是公司的普通員工，在學習製作和菓子基礎的同時，學習業務和銷售。」壯貴說完，咬著串烤的肉，拔出了竹籤。

他們正在車站前商店街的居酒屋內。玲斗很在意元哉提到的大福，想請教壯貴的意見，於是主動約他見面。

玲斗當初是透過樟樹祈念認識壯貴，之後偶爾會見面喝酒。上次壯貴剛好去神社，帶了水果果凍送給玲斗。

「你知道那家和菓子店嗎？」玲斗問。

壯貴不屑地哼了一聲，「你知道全日本有多少家和菓子店嗎？而且那家店不是很小嗎？你有沒有上網查過？」

「我輸入地址，以及和菓子店的關鍵字，並沒有找到。」

「你把地址告訴我。」壯貴從上衣口袋裡拿出手機，「不要搜尋和菓子店，用梅子大福的關鍵字搜尋看看。」

玲斗說出地址，壯貴立刻開始操作手機，然後手指又動了幾下，似乎正在上網查。

「喔喔，該不會是這個？」壯貴瞪大眼睛。

「你找到了嗎？」

「等一下，我再確認一下……嗯，果然沒錯，八成就是這家。有人在部落格上提到那家店。」

「那家和菓子店叫什麼名字？」

「不是和菓子店，是甘味處（Amami-dokoro）。」

「那是什麼？」

「你不知道嗎？漢字這樣寫。」壯貴讓玲斗看看手機螢幕，指著上面的字。上面寫著『甘味處山田』。

「這不是唸『Kanmi-dokoro』嗎？」

「因為有『甘味料』的關係，所以很多人都這麼發音，我以前也一樣，沒資格說大話，但『Amami-dokoro』才是正確的唸法。這種事不重要，根據那個部落格上所寫的內容，『甘味處山田』在四年前結束營業，說是老闆過世了。那家店的賣點就是各種手工製作的和菓子，梅子大福就是其中一款商品。可惜寫這個部落格的人可能沒吃過，完全沒有提好不好吃這件事。」

「你這麼一說，我想起來了，元哉說是去那裡吃梅子大福，並沒有說是買回家吃。那家是有座位的甘味處，因此他是在店裡吃的。」

「你應該更早注意到這個差別。總之，現在解決了。」壯貴把手機放在桌子上。

「那你覺得該怎麼辦？」

「什麼怎麼辦？」

「我希望可以讓他再吃一次他回憶中的大福……你說叫梅子大福？我希望可以讓他再次吃到。」

「問題是那家店都沒了，想吃也不行了啊，而且老闆已經過世，根本沒辦法啊。」

「能不能想想辦法呢？比方說，可以聽元哉的描述後，重現梅子大福的味道。」玲斗抬眼看著壯貴。

「重現？我請問你，要由誰來重現？你該不會是要我做吧？我有言在先，我可沒辦法自由使用作業區。」

「能不能想想辦法？」玲斗閉上一隻眼睛，雙手合十拜託。

「不行，不行，而且你根本搞不清楚狀況，原味重現並不是簡單的事。如果有詳細的配方，或是製作者自己記得味道，或許還有辦法，但沒辦法重現其他人記憶中的味道。讓那個男孩試吃之後，他能說得出要多加一點鹽，或是內餡香氣不足，或是梅子煮得不夠軟之類的意見嗎？他不可能做到吧？」

壯貴的意見一針見血，玲斗只能沉吟。

「他說他去買過幾款相似的大福，但吃了之後覺得味道完全不一樣，卻又說不出哪裡不一樣。」

「看吧，我就說嘛，到底要怎麼重現？」

「壯貴，我知道你想要表達的意思。」玲斗點點頭，喝完檸檬沙瓦。「但是我還是希望可以設法幫他。」

「你為什麼對這件事這麼執著？不就是大福嗎？你可以告訴他，這個世界上還有很多更好吃的東西。如果他喜歡吃甜食，我可以提供我們的商品給他，有好幾款商品都很值得推薦。」

「我不是說了嗎？他只要睡覺，就會把當天的事忘光光，無論吃到再怎麼好吃的東西，都無法成為他的回憶。對他而言，回憶中的味道無法再增加了，既然這樣，不是希望能夠讓他再嚐嚐留在記憶中的味道嗎？」

壯貴拿起啤酒杯，無奈地聳聳肩。

「你真是人太好，竟然會為了非親非故的人傷神。話說回來，這也是你的優點。」

「啊呀，」玲斗摸摸頭，「你說得我有點不好意思了。」

「我並不是在稱讚你，而是在虧你。」壯貴喝了口啤酒，用手背擦擦嘴角。「搞不好哪天會被人陷害。」

「陷害我可得不到任何好處。」

店員剛好經過，玲斗點了芋燒酒兌熱水。

壯貴把串烤送到嘴邊，但又突然停下動作。

「對了，好像還有警察在月鄉神社附近打轉。」

玲斗一驚，「你發現什麼了嗎？」

「上次我去神社後回家的路上，有一個陌生的男人問我，和這家神社有什麼關係？他似乎看到我從社務所走出來。我告訴他，社務所的管理員是我朋友，他就拿出警察證件，問了我的名字和職業，還問我和你之間的關係。我想應該和那起強盜案有關，但是上次聽你說，那個姓久米田的大叔只偷了摔角選手的面罩，是其他人攻擊被害人，偷走現金。那警察為什麼還在神社附近打聽？」

原來是這樣。玲斗有點著急，難怪最近來神社參拜的人中有很多陌生的面孔，搞不好都是警察。

「他們可能不相信久米田的供詞。」

「再怎樣也和月鄉神社無關吧？我只是去了社務所就遭到盤問，你不覺得其中有點問題嗎？」

「我搞不懂警察在想什麼，也許他們有他們的想法。」

「到底在搞什麼？怎麼回事啊？」壯貴歪著頭，喝了一口啤酒。

玲斗內心冒著冷汗。雖然他向壯貴提過案件的概況，但並沒有說出真相。

玲斗心想，警察可能在懷疑我。久米田的母親松子和千舟是朋友，她們會相互串門子。如果警方知道這件事，懷疑久米田和玲斗相識，有可能是共犯，這也不足為奇。

如果是這樣，根本不需要理會。畢竟無論警方如何懷疑自己，自己根本沒有涉案，警察愛怎麼調查都沒關係，只要警察懷疑自己，就不會注意到佑紀奈。

燒酒送了上來。雖然可以聞到芋燒酒的香氣，但是玲斗才喝一口就歪著頭。「太淡了。」

「哈哈哈，」壯貴發出乾笑聲。「像是熱水兌酒或是高球雞尾酒都要自己調，混合的比例會決定喝起來的感覺，只有自己知道自己喜歡的比例。」

「都要自己調……嗎？」玲斗拿著酒杯思考著，然後靈光一閃。他彈了個響指，「我想到了。」

「想到什麼？」

「梅子大福。」

壯貴皺起眉頭，「你還沒死心啊。」

「讓元哉自己做就好了。」

「梅子大福嗎？要怎麼做？」

「我想拜託你一件事，你可不可以教元哉怎麼做梅子大福？」

「你說什麼？」

「你只要發號施令，所有需要的東西我來準備，然後他可以一直做到自己滿意為止。」

壯貴皺起眉頭，探頭看著玲斗。「你是認真的嗎？」

「當然是認真的。你剛才不是說做起來並不難，即使是中學生，只要教他方法，他應該可以做出來吧？」

「雖然可以做出來，但之後才是問題。他不是說，無法說出和其他的梅子大福有哪裡不同嗎？這不就代表他不知道如何才能接近他理想中的味道嗎？」

「但是你剛才不是說，如果製作的人記得味道，或許有辦法重現……」

「你白痴喔，那是說有經驗的和菓子師傅，你別小看和菓子。」

「我沒有小看……那就讓元哉也學習做和菓子……」玲斗說到這裡，垂頭喪氣。

「不，不行。」

壯貴嘆氣，然後壓低聲音。「那個男孩不是睡覺之後，記憶就會重新設定嗎？很可惜，沒辦法在一天之內就成為和菓子師傅。」

「是啊……」玲斗小聲嘀咕著，喝著熱水兌的芋燒酒。

17

早川佑紀奈看了那幅畫的反應超出玲斗的預期。她連續眨了好幾次眼睛，捂著嘴，愣在原地。她似乎說不出話。

「怎麼樣？」玲斗問。

佑紀奈的睫毛動了幾下，看著玲斗。

「太厲害了，雖然我從來沒有這麼看待樟樹，但是他畫出來之後，就覺得太貼切了，完全同意那棵樟樹就是女神。」

「畫這幅畫的人聽到妳這麼說，一定會很高興。」玲斗點頭說道。

玲斗想給佑紀奈看元哉的那幅畫，於是聯絡她。她回覆說，放學之後，會和翔太他們一起去。翔太和年幼的妹妹正在神社的院落內玩耍。

「但是他真可憐，竟然有記憶障礙……」

「和他說話的時候，並不會覺得這麼嚴重，但我相信他一定很痛苦。」

「是啊。」佑紀奈神色陰鬱，「腦部疾病很麻煩，好像還有很多有待進一步研究的地方。」

「對了，你們媽媽好像也罹患了腦部疾病，以前曾經聽妳弟弟提過。」

佑紀奈輕輕點頭。

「說是腦脊髓液滲漏，但其實醫生並不是很確定，只是根據症狀和檢查結果，認為很可能是這種疾病……但是最近媽媽的狀況似乎慢慢改善，可以比較長時間活動，或許有辦法回去上班。」

「那真是太好了，以後就不需要再賣詩集了。」

「是啊……」佑紀奈垂下雙眼。她無法承認，其實詩集根本就沒賣出去。

所以妳不要再去做一些奇怪的工作。玲斗在心裡對她說。

佑紀奈看著那幅畫，似乎在思考什麼。

「怎麼了？」

佑紀奈繼續低頭看著那幅畫，嘀咕著。

「我在想，那名男孩到底想要說什麼？」

「啊？什麼意思？」

「這幅畫不是根據我的『喂，樟樹』寫的嗎？詩中的男孩雖然在樟樹面前耍威風，但其實內心有什麼重要的事，所以才會千里迢迢來看樟樹。所謂重要的事，八成就是煩惱，只不過因為無法說出口，只能沒大沒小地說那些話。而且我當初就是覺得每個人都有煩惱，才寫下那首詩。我剛才在想，不知道那個男孩的煩惱是什麼。」

「原來是這樣啊……」

玲斗內心驚訝。他完全沒有想到可以用這種方式解讀那幅畫，而且也是第一次知道，那首詩中有這樣的想法。

「如果元哉在畫中融入自己的想法，那麼他的煩惱也許就是他的病。」

「應該是吧……」佑紀奈無奈地皺起眉頭，發出嘆息。

「怎麼了？」

「我在想，能不能把這幅畫寫成故事，我想要寫男孩和樟樹之後的對話……」

「故事？不是寫詩嗎？」

「對。」佑紀奈回答，然後露出靦腆的笑容。

「我不僅喜歡寫詩，也希望有朝一日可以寫故事。」
「寫小說嗎？」
「沒這麼了不起。」佑紀奈輕輕搖著手。
「很好啊，妳就寫啊。我相信元哉會很高興的。」
「但是我不能直接寫元哉為自己的疾病煩惱，但也不想完全不提，所以有點困難。」
「的確……」
玲斗完全沒有想要寫作的想法，當然無法提出任何建議，只能默默抓著頭。
「但是我會好好想一想，」佑紀奈下定決心般說道，「這幅畫我可以收下嗎？」
「當然可以，就是為了送妳，才請他著色啊。」
「謝謝。我會看著這幅畫好好構思。」佑紀奈雙手拿著畫，露出燦爛的笑容。
佑紀奈走出社務所，把翔太他們叫過來，三個人一起回家了。從他們愉快的背影，完全感受不到強盜案件的後遺症。玲斗心想，如果她能夠早日遺忘那件事，當然求之不得。
三天後，玲斗收到佑紀奈傳來的訊息。她說她有了一些想法，放學之後，是否能夠去神社。玲斗回覆說，如果她不嫌棄，很歡迎她來。只不過他很不安，畢竟即便佑紀奈分享她的想法，玲斗也無法提出任何值得參考的意見。

他正在煩惱該如何是好，突然想到一個好主意。他拿起手機，打電話給針生冴子。電話很快就接通了。

「接到你的電話真是太好了，我正在猶豫要不要打電話給你。」冴子興奮地說。

「有什麼事嗎？」

「元哉一直問我那天和你見面的事，問我他那天回家之後說了什麼，看起來是否很高興。他似乎重讀自己那天寫的日記之後，覺得很好奇。我想他應該很想再和你見面，雖然很不好意思，我正在想，是不是可以再麻煩你。」

「那真是太巧了。我就是為了這件事打過去的。元哉明天有空嗎？」

「明天嗎？他沒什麼特別的安排。」

「那可以請妳問他，要不要來找我玩嗎？我想讓他見一個人。元哉上次有沒有和妳聊詩集的事？」

「我聽他說過，就是樟樹的詩集，對嗎？聽說他看完後，畫下一幅畫，他也給我看了他用手機拍的畫。」

「那本詩集的作者明天要來這裡。」
玲斗將他和佑紀奈之間的對話告訴冴子。
「元哉讀完詩作之後產生靈感作畫，作者看了那幅畫之後，又想到新的故事。這樣不是很好玩嗎？所以我想請元哉一起過來。」
「我覺得非常棒，好，我會問元哉，可以明天再答覆你嗎？」
即使今天說了，他到明天也會忘記。
「沒問題，那我等妳的回覆。」玲斗說完，掛上電話。
隔天上午九點，就接到冴子的電話。玲斗已經來到神社，正在打掃院落。冴子說，元哉回答說要來神社。
「他今天早上又重看那天的日記，說很想一起聽聽作者的想法。」
「那真是太好了，請妳轉告他，請他下午三點左右來這裡。」
「好。直井先生……真的很感謝你為我兒子所做的一切。」冴子的話中，可以感受到她發自內心的感謝。
「請妳不必放在心上，我只是做自己想做的事。」

雖然玲斗這麼說是為了掩飾內心的害羞，但這是他的真心話沒錯。

下午三點前，元哉就來到了社務所。他和上次一樣，見到玲斗後，問他是不是直井哥哥。

「我就是。請進。」

元哉走進社務所後，好奇地東張西望後，點點頭。

「怎麼了？」

「和我模糊的記憶一樣，很舊又很小，東西堆放得很亂。」

玲斗做出腿軟的動作。「你說話真不客氣啊。」

「但是，我在日記上寫著，這裡有一種懷念的味道，而且打掃得很乾淨。今天的我，意見仍完全相同。」

「喔喔，被稱讚了。謝謝，要不要坐下來說？今天要喝什麼？你上次喝可樂，除了可樂，還有烏龍茶和綠茶。」

「那我要喝烏龍茶。」

「好。」玲斗回答後，打開冰箱。

「你的日記上還寫了什麼？」玲斗把裝著烏龍茶的杯子放在元哉的面前時問。

「我和你聊了很多《星際大戰》的事，雖然你沒有看動畫系列，但很瞭解星戰的事。」

「沒那麼瞭解啦，呃，我們上次說到哪裡？」

「說了凱羅・忍的壞話，你說他崇拜達斯・維達無所謂，但他的頭盔設計只能算是模仿，所以很失望。」

「啊哈哈。」玲斗笑了起來。

「這樣啊，我完全不記得了。我也許也該來寫日記。」

元哉的嘴角揚起，然後彷彿想起什麼事，打開背包，從裡面拿出那本詩集。

「我還寫了關於這本詩集，以及畫畫的事。」

「這樣啊。」玲斗緩緩點頭，「我想你媽媽已經告訴你了，寫詩集的女高中生看了你的畫之後，說想要寫故事。我完全不清楚她的構思，她等一下就會來這裡，和我們分享她的想法。」

玲斗告訴他，那名女高中生叫早川佑紀奈。

元哉拿出手機，操作之後，把手機螢幕給玲斗看。螢幕上就是那幅畫。

「我很瞭解當時畫這幅畫時的心情，今天早上看了詩之後，我的腦海中浮現了完全相同的畫面，但是我想像不出，那幅畫會衍生出什麼樣的故事。」

「佑紀奈說，男孩很想要向女神傾訴內心的煩惱。」

「煩惱。」元哉嘀咕後，輕輕點頭。「也許是。」

「你也覺得嗎？」

「讀完那首詩時，曾經這樣覺得。雖然男孩對樟樹表現出自大的態度，但也許是想要向樟樹求救，所以我才會想到那幅畫的畫面。」

「原來是這樣。」

佑紀奈洞悉了元哉的深層心理。玲斗心想，原來這就是所謂的感性共鳴。

不一會兒，佑紀奈就來了。玲斗並沒有告訴她元哉會過來，因此她看到元哉時有點不知所措。玲斗告訴她，今天特地請元哉來一起聽她分享構想，她恍然大悟地微笑著點頭。

玲斗請佑紀奈坐在鐵管椅上，三個人圍坐在桌子旁。元哉有點害羞。

佑紀奈從包包裡拿出那張畫。

「我覺得仰望女神的這名男孩可能沒有夢想。他回首自己走過的路，完全不認為自己有光明燦爛的未來，對未來缺乏夢想。雖然詩中寫到『雖然個子很矮，但夢想可以很偉大』，但其實內心完全相反。」

「這根本就是在說我。」元哉說，「不要說未來，我甚至無法想明天的事。」

「雖然是你帶給我靈感，但我認為其實每個人都一樣。」佑紀奈嘟著嘴，「我一樣只能努力活好每一天，根本沒有餘裕思考以後的事，對究竟會有什麼樣的未來感到很不安。我相信很多人都是這樣。」

不知道元哉是否同意她說的話，他默默點著頭。

佑紀奈轉頭看著玲斗。

「男孩對著樟樹傾訴內心的煩惱——我打算寫這樣的故事。」

「我覺得很不錯，但之後會有什麼樣的發展？」

「我接下來會思考，首先想聽一下你的意見。如果你是樟樹，會對男孩說什麼？」

「如果我是樟樹？」玲斗歪著頭思考，「如果希望有美好的未來，現在就要好好努力，諸如此類的……」

元哉噗嗤一笑，「好像在上公民課。」

佑紀奈苦笑著低下頭。

「也對，這樣的建議太沒有新意了。」玲斗不得不承認，「元哉，如果是你的話，會怎麼說呢？」

「如果是我……我想一想。」元哉抱著臂，思考後開口：「我想……會讓男孩看到未來。」

「啊？這樣啊？」佑紀奈發出意外的聲音。

「因為不知道未來，才會有這麼多煩惱，既然這樣，就告訴男孩未來是什麼樣。如果可以看到未來，我也想看一下，雖然我覺得可能不太美好，但我還是想看看。」

「這樣啊。」佑紀奈拍了一下手，「樟樹女神具有預測未來的能力，男孩知道這件事，於是就請樟樹女神讓他看到自己的未來。這就是我要寫的故事。」

「我覺得很棒，」元哉雙眼發亮，「問題在於男孩為什麼想要看到自己的未來。」

「他一定遇到很多痛苦的事，像是貧窮或是親人死亡，讓他無法期待明天，才會想要知道自己的未來。」

「等一下，」元哉從背包中拿出素描簿，攤在桌子上，然後又拿出鉛筆，在素描簿上作畫。

玲斗啞然無語，默默地看著畫漸漸完成。原來是一名男孩。男孩落寞地走在路上。元哉又開始在男孩周圍畫了幾幅畫，那似乎是男孩的回憶。男孩為躺在病床上的某人送終、男孩遭到霸凌、男孩以渴望的眼神看著別人丟在垃圾桶裡的麵包。雖然都是簡單的素描，卻很有真實感。

元哉畫到一半時，佑紀奈就不停地說著「好厲害、好厲害」。

「完全符合那個形象，可以充分感受到男孩內心的痛苦。他很絕望，不知道以後該怎麼辦。」

「接下來他會怎麼做呢？」元哉問。

佑紀奈托著下巴，先是一臉嚴肅，突然表情變得明亮。

「男孩想起以前曾經聽別人說過，有一棵樟樹可以告知人們未來的事。男孩就踏上了尋找那棵樟樹的旅程。」

「旅程？他去了什麼地方？」

「很多地方。高山、沙漠和叢林。」

元哉又翻開新的一頁，開始畫新的圖。轉眼之間，畫紙上出現了男孩攀登高山的身影。

「沒錯沒錯，就是這樣。好厲害。」佑紀奈興奮得晃來晃去。

玲斗起身去準備飲料。他覺得自己根本插不上話。

18

〔給明天的我〕

我今天去了月鄉神社。看了我畫的樟樹女神，打算寫成故事的人也會去，所以直井哥哥約我一起去。

之前的日記中，就曾經多次提過直井哥哥，他的確就是我在日記中所寫的那樣的人。我說社務所打掃得很乾淨。他聽了之後很高興。

想要寫故事的人叫早川佑紀奈，是一名女高中生。聽說她目前是高三學生。雖然我畫了她的肖像，不過不太像，但我相信已經留在記憶中。

素描簿上的畫是我和佑紀奈兩個人構思的故事插畫，每幅畫的背後都簡單地寫著故事情節。

我提議可以讓男孩看到未來，然後佑紀奈想到很多點子。

我們約好下週六再一起討論。我必須在下週六之前，把素描簿上的畫完成。明天的我看了故事之後，一定很想動手畫畫。如果沒有畫，要在日記上寫下不畫的理由。因為我已經和佑紀奈約好了，我不想破壞和她之間的約定。

我已經請媽媽提醒我，星期六絕對不能安排其他事。

今天的我就到此停筆。

真羨慕在星期六早上醒來的我。

19

在元哉和佑紀奈第一次見面的兩天後，玲斗正在鳥居周圍打掃時，看到一名中年男子走上石階。他認識對方。

玲斗拿著掃帚等在那裡，看著男人走上石階。對方似乎已經注意到玲斗，露出有點難為情的笑容。

「你好。」久米田康作走上石階後打招呼，「好久不見，你還是這麼有活力。」

「雖然出了那樣的事，不過你也比我想像中更有精神。」

「對啊，真是無妄之災。我根本沒做什麼，就莫名其妙吃了幾天牢飯，簡直就像被瘟神纏上了。也許我應該去收一下驚。這家神社有沒有收驚驅魔的服務？如果有驅魔的符紙之類的，我很想要一張。」

「這裡沒有那種服務，也沒有賣符紙。」

「是嗎？明明是神社，竟然什麼都沒有。」

「你哪有資格說這種話？再說，那些都是付費服務，你不是沒錢可付嗎？」

「哈哈哈，你真是哪壺不開提哪壺啊。」久米田滿不在乎。

「而且你沒被冤枉，你不是偷偷潛入別人家裡，偷了摔角選手的面罩嗎？這就是如假包換的小偷啊。」

「嘖嘖嘖，」久米田搖著食指說，「你沒聽說嗎？那個面罩原本是我的，我只是去拿回來。」

「別人又不是沒付錢，是你自己賣給對方的；既然這樣，就已經不屬於你的了。你偷了那個面罩，當然就是貨真價實的小偷，而且我聽說那根本是假貨。」

「就是啊，真的太過分，我被騙了。早知道是假貨，我就不會去拿回來了。這個世界上有太多壞人了。」久米田一本正經地說。

「那是因為你太蠢。」

玲斗拿起掃帚和畚箕，然後又拿起垃圾袋走向社務所。

「對了，那個女生還好嗎？」久米田走到玲斗身旁問。

「哪個女生？」

「就是寫詩集的女生，上次不是在這裡遇到她嗎？」

玲斗努力不動聲色，「那個女生怎麼了？」

「沒什麼，只是有點好奇她最近好不好，她不是送我詩集嗎？」

「送你？」玲斗停下腳步，看著久米田。「你好像不記得，所以我提醒你，她並沒有送你，只是說可以等你有錢時再付。對了，你現在趕快付錢，兩百圓。」玲斗把垃圾袋放在腳邊，伸出右手。

「啊，不好意思，我身上沒帶錢。」

「又沒帶錢？」玲斗很受不了他，再次拿起垃圾袋邁開步伐。「你都一大把年紀了，要啃老到什麼時候？」

「沒辦法啊，之前被警察抓，想工作也沒辦法。」

「你在被抓之前不是就沒在工作嗎？你媽媽年紀這麼大了，還讓她替你操心，你不覺得丟臉嗎？」

「我是覺得很對不起她啊，但是找不到工作，我也沒辦法。」

「別想騙人，我都知道，就算你媽媽幫你找到了作，你還不是很快就辭職了。」

「你知道得真清楚啊。喔，我知道了，聽說你阿姨和我媽是老同學，我聽了之後很驚訝，沒想到我們這麼有緣分。」

「我才不想和你有什麼緣分。」

「那個、關於我剛才問的問題，你還沒有回答我。」久米田走在玲斗身旁時問。

「哪個問題？」

「就是那個女生啊，寫詩的女生，她會來這裡嗎？」

玲斗沒有回答，快步走向社務所。

他不知道久米田的意圖。久米田知道是早川佑紀奈攻擊森部俊彥，並搶走現金，但久米田被逮捕之後，隻字未提這件事。聽松子說，他認為之前從來不曾對任何人有幫助，以後可能不會再有幫助別人的機會，因此下定決心，無論如何都要保護那個女生。既然他用心良苦，當然會想要知道佑紀奈的近況。

「你為什麼都不吭聲？」久米田不滿地問。

回到社務所前，玲斗放下清掃工具和垃圾袋，然後轉身面對久米田。

「如果你是問佑紀奈，她把詩集放在這裡，偶爾會來。」玲斗指指放在社務所前的販售台說。販售台上仍然堆了很多詩集，「她很在意有多少人會看她的詩集。」

「這樣啊，她都好嗎？」

「我覺得她看起來很好。」

「那就太好了。」久米田瞇起眼睛，點點頭。

玲斗注意到有一對陌生男女走在神社的院落內，他們沒有走去神殿，只是在院落內散步。

久米田走向販售台，拿起了『喂，樟樹』的詩集。

「真不錯，每一首詩都很溫暖人心。那個女生心地一定很純潔，真希望像她那樣的女生可以得到幸福。」

「我完全同意。」

玲斗帶著複雜的心情注視著久米田的側臉。雖然這個人以前的生活方式很荒唐，但感覺他經過這一次，應該會洗心革面，重新做人。

「對了，小兄弟，我接下來說話時，你要看著我的方向。」久米田翻開詩集，看著詩集說。他說話時降低音量，「你有沒有發現有一對中年情侶在神社的院落散步？男人穿著灰色西裝，女人穿著藍色系的衣服——啊啊，你不要看他們。」

「那兩個人怎麼了？」

「他們是刑警，正在監視我，從我走出家門時，就一直跟蹤我。」

「為什麼要跟蹤你？」

久米田仍然翻著詩集，微微搖晃身體，笑著說：

「這還用問嗎？雖然我被釋放了，但仍然是處分保留的狀態，警方對我的懷疑並沒有消除，而且他們相信我絕對和強盜傷人案有關。話說回來，以當時的狀況思考，這是理所當然的事。再怎麼想，竊賊和強盜一前一後潛入同一棟房子，簡直就像『漂流者大爆笑』的搞笑短劇般荒唐，所以警方就徹底監視我的行動，等我露出狐狸尾巴。」

「什麼狐狸尾巴？」

「應該是想追查我的同夥，就是共犯。我不可能用便利袋把現金寄給森部，那究竟是誰寄的？最有可能的人選——」久米田闔起詩集，指著玲斗。「就是月鄉神社的管理員。」

「我？」

「八成是。」

「因為我阿姨認識你母親的關係嗎？」

久米田微微歪著頭。

「事情應該沒這麼簡單，但是在我被釋放前，警察曾經一直追問我關於你的事。我說我只和你見過一次，根本不知道你的名字，他們似乎完全不相信。警察是不是有什麼理由懷疑你？」

玲斗思考著。壯貴曾說過類似的話，但他之前並沒有想得太嚴重，只是一笑置之，覺得如果警方要懷疑，就讓他們去懷疑。

「不知道，我完全沒有頭緒。」

「那就好，我完全不認為你和那椿案子有什麼關聯。」久米田將手上的詩集放回原位，這時，他看到了放在旁邊的牌子。「喂？這是怎麼回事？」牌子上寫著『歡迎自由索取』。「你不是說一本要賣兩百圓嗎？」

「沒有銷量，於是就免費提供大家索取了。」

「既然這樣，那我也不必付錢了啊。」

「那時候還是需要付費的期間，之後才變成免費。」

「什麼意思啊？怎麼會有這種事？」

「吵死了，你這個小偷，還神氣個屁啊。趕快付兩百圓啦，否則小心再多一條竊盜罪。」

「哼，知道了啦。我走啦。」

久米田說完，轉身邁開步伐。他穿越神社的院落，走向石階。不一會兒，那對情侶中的女人跟了上去。他似乎的確被人監視。

留下的男人靠在鳥居上滑手機。他瞄了玲斗一眼，再次低下頭。

玲斗注意到了。看來並不是只有久米田被警方盯上——

20

對兩名青少年來說，星期六似乎是個特別的日子。早川佑紀奈和針生元哉約定在月鄉神社的社務所見面，討論創作繪本的事。佑紀奈分享自己構思的故事，元哉聽了之後，當場畫出簡單的草圖，然後在下次見面時畫好正式的畫，在開始討論之前和佑紀奈分享。他們已經討論了三次。

就和第一天一樣，玲斗覺得自己完全插不上話，唯一能做的，就是為他們提供場地和準備飲料。但是在一旁聽他們討論很開心，他很佩服佑紀奈構思的故事，更對元哉能夠即席創作的才華感到驚嘆。

在他們兩個人第三次討論結束的隔天，也就是星期天時，針生冴子打電話給玲斗，說有重要的事，問玲斗是否有空見面。星期天晚上沒有人預約祈念，玲斗原本沒打算過去神社，但最後還是決定和冴子約在社務所見面。

「謝謝你每次都這麼照顧我兒子。」冴子在社務所一見到玲斗，立刻深深地鞠躬，而且還遞給他一個紙袋。「這是一點小心意。」紙袋上有高級糕餅店的商標。

玲斗不知所措，「我什麼都沒做啊。」

「你太謙虛了，」冴子搖著手，「你完成了之前任何人都做不到的事，你帶給元哉生存的動力。我已經很久沒看到他這麼充滿活力。我原本都快要放棄，以為再也等不到那一天，我真心感謝你，你真的太厲害了。」

「沒這回事，是他們兩個人很厲害。」

玲斗感覺臉頰發燙。以前從來沒有人這樣稱讚過他，他只覺得渾身不自在。

「真的很感謝你，這是我們的一點心意。」冴子再次遞上紙袋。

既然冴子這麼說，繼續推辭似乎有點奇怪，玲斗說聲「謝謝」接過紙袋，然後說了聲「請坐」，請冴子坐下。

冴子坐定後，對玲斗露出溫和的笑容。

「元哉早晨醒來後，就會翻看日記。雖然他的記憶消失，但他知道自己必須看日記，好像有某種預感吧，他知道只要看了日記之後，心情就會變得很愉快。他說看完日記之後，會覺得好像體驗到日記中所寫的內容，會知道該如何繼續完成畫到一半的畫。」

「這樣啊。」

玲斗完全無法想像元哉的心境，覺得只要他感到高興就好。

「對了，請問妳要和我說什麼事？」玲斗問。他不認為冴子此行只是為了向他道謝。

「下下個月就是元哉的生日，所以我想送他禮物獎勵他。」

「要……獎勵他嗎？」

「元哉沒有上學，沒有學才藝，沒有運動，因此完全沒有祝賀或是稱讚他的機會，但是，他現在有努力的目標，他的夢想是要完成繪本，我想要用實際行動支持鼓勵他。」

「原來如此。」玲斗點點頭，「我覺得很好。所以，妳想送禮物給他是嗎？」

「問題就在這裡。雖然我想鼓勵他，但是絞盡腦汁也不知道做什麼，最能讓他開心。我從來沒有聽過他說想要什麼，好像沒有想去的地方。我今天來這裡打擾，就是想來和你討論一下。」

「這樣啊，但是我認識元哉沒多久，每次見面，都好像是初次見面，算不上很瞭解元哉。」

「但是元哉願意對你敞開心房，這很難得……不，以前從來沒有這樣過。我在想，他可能願意跟你聊一些他很重視、在意的事……」

「但是我只和他聊了《星際大戰》。如果要送他禮物，我只能想到《星際大戰》的周邊商品和公仔之類的東西。」

冴子似乎並不認為是好主意，微微歪著頭。

「他已經有好幾件周邊商品了，再多一兩件，可能也不會太高興……我很想滿足他藏在內心深處的願望。當然，他最大的願望就是能夠康復，只不過我在這件事上無能為力。」

「……藏在內心深處的願望嗎？」

「他有沒有提過類似的話題？」

玲斗在記憶中翻找。雖然每個星期六都會見面，但元哉最近都熱衷於創作繪本，一開口就是談繪本的事。

玲斗拚命思考著，冴子見狀說道：

「對不起，突然這麼問你，讓你很困擾吧？我不知道兒子的心願，不是一個稱職的母親，實在很丟臉。不好意思，請你忘了這件事吧，我還是自己慢慢思考比較好。」

「不，對不起，沒幫上妳的忙。」

「不不不，」她搖著手，「是我思慮不周。知道元哉很崇拜你，我很高興，就想著要跟你求助，這樣真的不行。」冴子露出笑容，站了起來。「真的很抱歉，佔用你寶貴的週日時間。這些點心請盡早吃完，希望合你的胃口。」她看著放在玲斗旁的紙袋說。

「我會和我阿姨一起享用。」

玲斗看著點心的外包裝，突然想起一件重要的事。

「那我就告辭了。」冴子正準備走出社務所，玲斗從後方叫住她：「針生小姐。」

冴子轉過頭時，玲斗說道：

「元哉之前曾經聊過一件事，他說是他以前很愛吃的東西，很希望可以再吃一次。」

「想吃的東西？那是什麼？」

「是……大福。」玲斗稍稍猶豫，元哉之前曾經要求，希望玲斗不要把這件事告訴他媽媽。

「大福……」

「正式的名稱是梅子大福，不是普通的大福，而是內餡中加入梅子甘露煮。他說以前在住家附近的甘味處吃過這種大福。」
冴子似乎立刻就想起來了，她興奮地說：「是『山田』的大福。」
「應該沒錯。妳還記得嗎？」
「我們經常去那家店，元哉從小就愛吃甜食，而且是個奇怪的小孩，比起加了鮮奶油的西點，他更喜歡豆沙餡的和菓子。這樣啊，那裡的大福……他的確每次都點那個。」
「聽說那家店已經歇業，不可能再吃到，但他說很想在死之前，能夠再吃一次，似乎對那款大福有很深的感情。」
「他想吃那個……」冴子沉吟時，笑容漸漸退去。她低下頭幾秒鐘，當她再次抬起頭時，已經恢復笑容。「我想我知道其中的理由。對他來說，那應該是為數不多的愉快回憶。因為當時我們都是全家一起去。」
玲斗吃了一驚。當時元哉提到大福後，就想起父親外遇的事。原來對他來說，大福是以前家庭幸福圓滿時代的象徵。
「針生小姐，妳也吃過那家店的大福嗎？」
冴子的嘴角浮現寂寞的笑容說：

「吃過幾次，很好吃。」
「那要不要來做這種大福呢？聽元哉說，那家店也是手工製作的。」
汐子聞言相當意外。
「做大福？我嗎？」她撫著胸口，然後搖搖頭。「沒辦法，雖然做菜難不倒我，但從來沒有做過和菓子。」
「別擔心，請問妳知道專門做和菓子的『巧屋本舖』嗎？我朋友在那裡上班，只要我向他說明情況，他或許願意幫忙。」
「我當然知道『巧屋本舖』，但是那家店很有名，我不能給人家添麻煩。雖然你的提議很棒，我很有興趣，但我還是辦不到。」
「為什麼？只要能夠重現梅子大福，元哉一定會很高興。」
「但是，」汐子苦笑，「真的沒辦法。我記得『山田』的大福很好吃，但我已經想不起來那是什麼味道。最後一次吃到是很多年前的事了。」
「可是聽元哉的語氣，他似乎清楚記得，他還說，他吃過其他店的大福，但味道完全不一樣。」

「他也許記得很清楚，他有記憶味道的能力。我想應該是遺傳。」冴子嘆了一口氣，「他爸爸是廚師，目前在東京都內經營法國餐廳。」

「喔，原來是這樣……」

「他的廚藝是很精湛沒錯……」冴子眼神茫然地看向遠方，可能覺得前夫的花心是致命傷。

玲斗咬著嘴唇，不知道該如何回應。

「不過，原來……」冴子沉吟，「元哉很想吃那家的大福。既然這樣，很希望可以滿足他的願望。只不過我不記得大福的味道，那就沒轍了。早知道會成為他這麼重要的回憶，當時就不應該漫不經心，而是要好好品嚐，記住味道……」

玲斗看著她垂頭喪氣的樣子，腦海中浮現一個想法，但是他不知道該不該說出來。

「直井先生，謝謝你告訴我這麼重要的事。」冴子見玲斗沉默不語，鞠了一躬。「我今天第一次知道大福的事，我會作為參考，重新好好思考。」

玲斗發現她打算告辭，著急起來。如果她現在回去，可能不會再有機會了。

「那個……針生小姐，有一個方法。」玲斗在猶豫之後開口。

「方法?什麼方法?」

「就是……可以知道元哉記憶中大福的味道的方法。」玲斗舔舔乾澀的嘴唇後續道,「可以請妳保證,不會把我接下來對妳說的話告訴別人嗎?如果妳願意保證,元哉的願望應該可以實現。」

針生冴子為了元哉生日來和玲斗討論的三天後,正好是新月。玲斗穿著工作服,在社務所前等待。

晚上十一點多,有兩盞小燈光從神社的院落遠處慢慢靠近。他們似乎各拿了一個手電筒。

玲斗站起身,等著他們走過來。

冴子和元哉的身影終於越來越清楚,他們來到社務所前時,玲斗恭敬地鞠躬。「我正在恭候兩位。」

「你好。」冴子打招呼後,元哉也打了招呼,但表情很僵硬。

「請問妳有沒有向元哉說明今天晚上的事?」玲斗問冴子。

「說是說了，」她很沒有自信，「只是不知道說得清不清楚。」

玲斗意識到，冴子本身可能多少有點半信半疑。這也難怪，如果沒有親身體驗，就無法感受到樟樹的力量。

玲斗看著元哉問：「你知道我是誰吧？」

男孩點了一下頭。

「你是直井玲斗哥哥，我看了日記，你似乎很照顧我，謝謝你。」不知道是否因為緊張，他的語氣有點生硬。

「你可能不記得了，你以前曾經向我提過大福的事，就是在『甘味處山田』吃的，豆沙餡中加了梅子的大福，你說，希望在死之前可以再吃一次。你現在仍然有同樣的想法嗎？」

元哉眼中流露出困惑。

「原來我跟你說過大福的事。我原本打算不告訴任何人……是的，我想吃大福。」

「但是那家店已經歇業了，讓你吃到的唯一方法，就是製作味道相同的大福，只不過問題在於並不知道那是什麼味道的大福，這就是今晚請你過來的原因。你還記得大福的味道吧？」

「對，我記得。」元哉的回答很堅定。

「真的嗎？如果只是隱約記得，那就沒辦法，必須能夠回想起吃大福時的口感和風味。」

「沒問題，」元哉非常肯定，「我現在仍然可以清楚地回想起來。」

「聽你這麼說，我就放心了。」玲斗把剛才放在椅子上的紙袋交給元哉說：「這個給你。」

元哉接過紙袋後看了一下，納悶地眨眨眼睛。「這是什麼？」

「如你所見，是蠟燭和火柴。你跟我來，我會告訴你怎麼做。」

玲斗拿著手電筒，照著前方的路邁開腳步。

沿著院落右側角落走了一段路，剛好是樹叢之間的空地，那裡豎著一塊寫著『樟樹祈念口』的牌子。

「元哉，你繼續往前走。小徑很窄，不過只有一條，不必擔心迷路。然後前方有一棵很高大的樟樹，樹幹中有一個空洞，裡面有燭台，你把蠟燭插在燭台上後點火，接下來才是重點——」玲斗看著元哉，豎起食指。「你點亮蠟燭之後，就開始想那個大福的事。口感、甜味和香氣等，盡可能詳細回想所有的細節。只要你可以把大福的記憶傳達給樟樹，就有可能重現大福的味道。」

元哉納悶地歪著頭。

「媽媽也這樣說，但真的會有這種事嗎？」

「你現在可能還不相信，但是請你先按照我說的方法進行，這都是為了實現你的願望。」

「老實說，」冴子開口，「媽媽也有點半信半疑，不太相信是否真的有辦法做到這種事，但是，我想要相信，如果不相信，奇蹟就不會發生。元哉，希望你可以相信，反正就是死馬當活馬醫。」

元哉還是不太能理解，但似乎決定放手一搏。他點點頭，「好，我試試看。」

「請務必小心火燭。」

「好。」元哉聽了玲斗的叮嚀後回答，走向小徑。

在元哉的祈念結束之前，冴子在社務所等待。

「希望可以順利。」冴子很不安。她剛才說自己仍然半信半疑應該是事實。三天前，玲斗告訴她樟樹的力量時，她似乎難以理解。

「不知道，」玲斗回答，「樟樹的確可以傳達意念，但這是第一次以這種方式運用祈念，我無法預料會是什麼樣的結果。就算元哉能夠把大福味道的記憶傳達給樟樹，但如果妳無法接收到，就失去了意義。」

「下次要由我向樟樹祈念嗎？」冴子緊張起來。

「請妳在兩個星期後的滿月之夜來這裡。」

「我有辦法接收到嗎？」她不安地問，然後皺起眉頭。「你也不知道結果，對吧？對不起，我一直問相同的問題……」

「大家都會不安，這很正常。」

玲斗在說這番話的同時，覺得自己太自大了，事實上他並沒有完全瞭解樟樹的情況。

讓元哉進入樟樹內，將大福的味道寄託給樟樹，然後再由冴子受念，然後由冴子重現元哉記憶中的味道——玲斗在想到這個方法時，覺得是絕佳的妙計，但是之後越想越覺得障礙重重。雖然設法再次做出元哉記憶中的大福，但是到底該如何進行？原本打算請壯貴幫忙，但壯貴未必會點頭答應，而且並不確定樟樹是否能夠正確傳達味道的記憶。

玲斗沒有和千舟討論這件事。千舟一定會說，不可以用祈念來做這種事，因此玲斗今晚用虛構的名字預約祈念。

一看時鐘，發現接近一小時了。剛才交給元哉的蠟燭應該就快燒完。他和冴子一起走出社務所，走向祈念口。

他們很快就看到元哉從相反的方向走過來。元哉也發現他們，輕輕向他們揮手。他臉上的緊張已經消失了。

「怎麼樣？」冴子問。

「嗯，」元哉點點頭，「我已經盡力了，有一種懷念的感覺。」

「懷念？為什麼？」

「那是因為……我想起了以前的事，以前吃那個大福時的事。」

「嗯嗯。」冴子表情很複雜。那是他們的家庭還很幸福圓滿的時候。

「今晚辛苦了。」玲斗對他們說，「下次滿月的時候，請媽媽一個人來。另外，請元哉不要把今晚的事寫在日記上。」

「為什麼？」
「因為不知道能不能成功，你也不希望抱有期待，最後失望吧？」
元哉瞪大眼睛後，嘆了一口氣。
「也許吧，那我就不寫了。」
「你接下來只要專心創作繪本就好，星期六在這裡等你。」
「好。」元哉很有精神地回答。
玲斗站在社務所前，目送他們母子離去的身影。

21

大場壯貴正在喝生啤酒，聽到玲斗打算重現梅子大福的想法，不小心嗆到了。他用力拍著胸口，調整呼吸後，看著玲斗。

「你還在想這種不切實際的事嗎？真是太扯了。」

玲斗放下檸檬沙瓦，探出身體。他們在經常來的這家居酒屋，坐在老位子上。

「我並不是說要讓元哉做大福，而是讓他媽媽接收他記憶中的味道，然後根據他記憶中的味道來做。他媽媽有辦法好好學做和菓子。」

壯貴毫不掩飾狐疑的表情，誇張地歪著頭。

「你說由他媽媽接收他記憶中的味道，這真的行嗎？不，我並不是不相信樟樹的威力，但是老實說，實在太沒有真實感了。」

壯貴曾經進入樟樹內試圖受念，但他因為某些因素，無法成功受念。

「如果試了之後無法做到，到時候就只能放棄，但是如果他媽媽能夠順利受念，我希望你能夠協助。你也知道，這件事只能拜託你，請你務必幫忙。」玲斗雙手放在桌上，低頭拜託著。

他聽到壯貴咂嘴的聲音。

「不要在這種地方做這種事，其他客人不是會覺得很奇怪嗎？趕快把頭抬起來啦。」

玲斗抬起頭緊張地問：「那你願意幫忙嗎？」

壯貴無奈地撇著嘴角。

「你為什麼這麼積極？對方只不過是一個非親非故，跟你沒有任何關係的中學生，雖然得了不治之症有點可憐，但那根本不關你的事，不管他就好了啊。」

「現在和我很有關係。我上次不是告訴你，他目前在和一個高中生一起創作繪本嗎？看到他們努力的身影就會思考，自己是否能夠助他們一臂之力。而且元哉的媽媽特地來謝謝我，說我為元哉帶來生命的意義。雖然我知道那是客套話，但我這個人頭腦簡單，光是聽到別人這麼說，就會覺得渾身是勁。」

壯貴苦笑著，把毛豆送進嘴裡。「既然你說自己頭腦簡單，那我無話可說了。」

「拜託了，請你務必幫忙。」玲斗再次低頭拜託。

「我不是叫你不要這樣嗎？把頭抬起來。」壯貴重重嘆了口氣，「好啦，我來想想辦法，我去問一下公司的上司和師傅。」

「真的嗎？」

「但是今晚你請客，不可以拒絕。」

「當然由我請，想吃什麼儘管點。謝謝，感激不盡。」玲斗伸出手，握著壯貴的手，上下甩動著。

壯貴皺著眉頭，「好痛，我知道了啦，放開我。」

「對不起，我太高興，不小心太用力了。」

「傻人有傻勁。」壯貴甩甩玲斗剛才握著的手，換上嚴肅的眼神。「但是製作和菓子不是一件容易的事，那個阿姨應該有心理準備吧？」

「我想應該沒問題，她說她的廚藝不錯。」

壯貴冷笑一聲。

「和菓子雖甜，但是做和菓子可不是什麼有甜頭的事，反正到時候試試就知道了。」

壯貴說完，舉手叫來店員，點了只加冰塊的『村尾』酒。那是這家居酒屋最貴的燒酒。玲斗看到一千五百圓的價格，忍不住確認了一下自己的皮夾。

走出居酒屋，和壯貴道別後，玲斗推著腳踏車走路回家。目前才晚上八點多，這是因為他發現壯貴喝了『村尾』後，可能還想再來幾杯，於是今晚便早早就結束了。

回到柳澤家門前，發現一個男人從大門旁的小門走出來。看到男人的臉，玲斗驚訝地停下腳步。那個人是中里。

中里也注意到玲斗，開口打招呼。「你好，現在才回家嗎？」

「你為什麼來我家？有什麼事嗎？」玲斗問，說話的聲音不禁提高。

「沒什麼特別的事，只是來打聲招呼。月鄉神社協助我們的偵查工作，我還沒有來道謝。給赫赫有名的柳澤家添麻煩，怎麼可以不來說聲謝謝呢？」

「你和我阿姨談些什麼？」

「沒聊什麼重要的事，你問柳澤女士就知道了，那我就先告辭了。」中里輕輕揮揮手，正準備離開，又突然停下腳步，轉頭對著玲斗。「你有沒有考慮以後的事？」

「以後的什麼事？」

「當然是關於柳澤女士——就是你阿姨的事。雖然目前可能對生活沒有太大影響，但那種疾病會突然惡化，就像雪崩一樣，我建議你要提前做好準備。」

玲斗知道他是在說千舟的病情。

「即使你沒提醒，我也已經在考慮了。」

「我想也是，我太多嘴了，請見諒。」中里轉身邁開步伐離去，完全沒有回頭。

玲斗停好腳踏車，走進屋內，發現千舟正坐在桌子前看記事本。

「我回來了。」玲斗對她說。

「你回來了，今天這麼早啊。你不是和朋友一起去喝酒嗎？」千舟在說話時仍然低頭看著記事本，她似乎聽到動靜，知道玲斗回來了。

「今晚提早結束。」

他事先打電話告訴千舟，今天要和壯貴見面。

「剛才好像有刑警來家裡。」

「行景？」千舟抬起頭。

「刑警中里先生……」

難道她這麼快就忘記了？玲斗很不安。

「喔喔，」千舟恍然大悟地點頭，「他是副警部，職位是刑事課刑事一股的股長。中里先生說，並沒有『刑警』這個職位。」千舟用一如往常的清晰口吻說話，玲斗暗自鬆了一口氣。

「中里副警部來家裡做什麼？」

「他送來這個。」千舟轉頭看向旁邊，她的視線前方有一盒點心，但並不是『巧屋本舖』的包裝紙。「他說在搜索神社時，感謝我們的協助，沒想到警察中有這麼彬彬有禮的人。」

「他只是來道謝嗎？還說了什麼？」

「還說了什麼……」千舟低頭看著記事本，「對了對了，他給我看了照片。」

「照片？什麼照片？」

「人的照片啊，照片上有很多人。」

「總共有幾張照片？」

「我怎麼可能記得？雖說是照片，但並不是一張一張的照片，那個……叫什麼，就是比手機螢幕更大……」

「平板電腦嗎？」

「對，他把平板電腦拿給我，要我看平板電腦上的照片，還說如果有認識的人，希望我告訴他。」

「有妳認識的人嗎？」

「沒有。」千舟搖頭，「沒有我認識的人。」

「中里副警部還說什麼？」

「沒什麼，只說了句『這樣啊』，然後就把平板電腦放進包包裡。」

玲斗思考著，中里到底讓千舟看了誰的照片？他完全無法瞭解中里的目的。

「中里副警部還有說其他的話嗎？」

「還說了……他還問了你薪水的事。」

「我的薪水？是問金額嗎？」

「怎麼可能？」千舟輕輕搖搖手，「就算是警察，也不會問這種涉及隱私的事。他問的是支付方法，是給你現金，還是匯入銀行帳戶。他問這種問題很讓人困擾。樟樹守護人並沒有領薪水，祈念費就是樟樹守護人的收入，問題是我不能告訴他祈念的事，所以不知道要怎麼回答。」

「結果妳怎麼說？」

「我回答說都是每幾個月給你一筆現金，他又問，最近一次是什麼時候付你薪水，我說大約是三個月前。如果他問你薪水的事，你也要這樣回答。」

「我知道了，中里副警部只問了這些嗎？」

「差不多就這些問題，」千舟看著記事本，「啊，對了，他還說了他媽媽的事。」

「他媽媽？中里警部的媽媽？」

「他媽媽目前住在安養院，他說都沒什麼時間去看他媽媽。」

「這樣啊……」

玲斗想起中里臨別時說的話，那些話也許是他基於個人經驗的發言。

22

元哉週六來到神社，他見到玲斗時完全沒有提大福和祈念的事。這兩件事果然從他的記憶中消失了。對他來說，目前更重要的是繪本的後續。因為，佑紀奈的創作遇到了瓶頸。

主角男孩希望樟樹女神能夠讓他看到未來，那麼，女神到底讓他看到了什麼樣的未來呢——佑紀奈似乎為這個部分很煩惱。

「我覺得無論讓男孩看到美好的未來，還是不好的未來，都對男孩沒有幫助，但如果完全不讓他看到未來，那女神就失去意義。」佑紀奈抱著手臂，看著自己的構思筆記。

「而且這是繪本，各式各樣的人都會看，必須讓所有人都能感同身受。」

「是啊。」女高中生作家聽了元哉的意見，發出嘆息。

真辛苦啊。玲斗在倒麥茶給他們時，產生了同情。自己一輩子都不可能有這種為故事情節傷神的煩惱。

沒想到佑紀奈問他：「直井先生，你有沒有什麼好主意？」玲斗手上的寶特瓶差點掉在地上。

「妳可別問我，我怎麼可能有這方面的點子？」

「但是，你應該也曾經想要知道自己的未來吧？」

「從來沒想過。」玲斗聳聳肩，「我知道自己的未來不怎麼樣，早就放棄了。」

「我覺得你小時候應該曾經想知道。」

「這就不知道了，這麼久以前的事，我早就忘了。」玲斗在回答的同時，抓著脖頸後方。他很希望能夠想出好點子，問題是完全想不到，這真的無可奈何。

「我在想一件事，」元哉遲疑地開口，「未來真的這麼重要嗎？」

「啊？」佑紀奈驚訝地坐直身體，「這句話是什麼意思？」

「不，要怎麼說……我只是在想，知道未來真的有價值嗎？」

「價值……」佑紀奈的視線飄忽，有點不知所措。

「對不起，」元哉道歉，「我並不是想挑剔妳構思的故事，只是不知道男孩為什麼想要知道未來……」

「啊？但是，這……」佑紀奈不解地眨著眼睛，「當初不是你說要讓男孩看到未來嗎？」

「啊？」這次換元哉發出驚呼。

「沒錯啊，你當時說，男孩因為不知道未來，所以有很多煩惱。既然這樣，乾脆讓他知道未來，而且換成是你自己，如果可以看到未來，你也想要看——你當初就是這麼說，你忘了嗎？」佑紀奈嘟著嘴說完後，伸手捂住嘴。她可能察覺到自己失言，小聲說道：

「對不起。」

元哉尷尬地低下頭後，從放在旁邊的背包裡拿出筆記本，打開後翻了幾頁，然後停下手，嘆了一口氣。

「對喔，真的是這樣，當初是我提出來的，日記上都寫得很清楚。雖然我來這裡之前讀了之前的日記，但內容越來越多，現在不再看以前的內容了。看來還是不能偷懶。」

「我並沒有覺得你偷懶……」佑紀奈的聲音有氣無力。

「我修正我的意見，這個方向沒有問題。男孩希望樟樹女神可以讓他看到未來，剛才看了日記之後，我確信這個方向沒問題。對不起，說了讓妳為難的話。」

「你真的同意嗎？」

「我真的同意，不會說奇怪的話了。」

「那就好……」

氣氛變得有點沉重。這時，玲斗放在桌上的手機響起來電鈴聲。他拿起手機，發現是千舟打來的。

「喂？怎麼了？」

「玲斗……你在忙嗎？」千舟難得這樣小聲說話。玲斗有一種不祥的預感。

「不，沒有很忙，怎麼了？」

「我正在車站……」千舟吞吞吐吐，沒有繼續說下去。

「千舟阿姨？」

「……我找不到。」

「找不到？找不到什麼？」

「就是……」千舟再次沉默一陣子，後來才開口：「回家的路。」

玲斗的心臟劇烈跳了一下，但是他好不容易才克制不要發出驚呼。

「我知道了。」他極力用平靜的語氣說，「我現在就去接妳，妳站在原地不要動，知道嗎？」

「好⋯⋯對不起。」

玲斗感到胸口發痛，這是他第一次聽到千舟這麼無助的聲音。

掛上電話後，他從桌子的抽屜中拿出社務所的備用鑰匙遞給佑紀奈。

「我有事要出去，不知道什麼時候才會回來。你們離開這裡時，幫我鎖一下門，妳下次來的時候，再把鑰匙還給我就好。」

「發生什麼事了嗎？」

「不是什麼重要的事，只是帶個路而已。」玲斗說完，衝出社務所。

他穿越神社院落，衝下石階，跳上停在空地上的腳踏車，用力踩動。

他想起在失智咖啡店聽到陪伴者說的情況。一旦症狀開始惡化，就會忘記平時走的路，那位陪伴者還說，雖然並不是每次都會這樣，但是會不時發生，而且頻率會逐漸增加，最好有充分的心理準備。

心理準備——這就代表必須接受千舟的失智症正在持續惡化。

我已經做好心理準備。玲斗這麼告訴自己，不能逃避，千舟是自己唯一的親人，也是救命恩人。

他來到車站，卻不見千舟的身影。玲斗在附近找了一下，還是沒有看到千舟。他感到奇怪，但還是打了電話。

電話很快就接通了。

「喂。」電話中傳來冷淡的聲音。

「啊……千舟阿姨。妳人在哪裡？」

「在哪裡？在家裡啊。」

「家裡？在自己家嗎？」

「對啊，我剛回到家，怎麼了？」

「妳順利回家了嗎？」

「回家了啊，你到底在說什麼？」

玲斗終於弄懂狀況。千舟在車站等自己時想起了回家的路，同時忘記自己在混亂中向玲斗求助的事。玲斗不知道該如何判斷這到底是好事還是壞事。

「沒事，我現在也要回家了。」

「那你順便買雞蛋回家，我原本打算要買蛋，但是一路上在想其他事，結果就忘了。」

「我知道了，雞蛋嘛，我會買回去。」

玲斗掛上電話後，用拳頭捶著自己的胸口。他再次自我確認，自己隨時做好了心理準備。

23

元哉寄念至今已經過了兩個星期，這天晚上是滿月，針生冴子獨自來到月鄉神社，她無法掩飾內心的不安。

「其實不會很難。」玲斗開始說明受念的方法，「首先進入樟樹內，把蠟燭放在燭台上點火，然後只要想著元哉的事就好。無論任何事都沒有關係，可以是愉快的回憶，可以是痛苦時的情況。只要妳和元哉心靈相通，就一定可以接收到意念，只不過無法知道是什麼樣的意念，妳必須做好能夠接收所有意念的心理準備。」

冴子聞言，臉上的膽怯仍然沒有完全消失，但是她下定決心，點點頭。「我來試試。」

玲斗把裝著蠟燭和火柴的紙袋交給冴子。

「請小心慢走，衷心期望樟樹可以接收到妳的心願。」

目送冴子纖瘦的身體消失在黑暗中，玲斗坐在社務所前的鐵管椅上。抬頭仰望天空，又白又圓的月亮高掛在天空，讓他聯想到大福，他覺得是好預兆。

他沒有把今晚的事告訴千舟，和上次元哉寄念時一樣，今天他仍以虛構的名字預約。最近千舟若是在祈念預約表上見到陌生的名字時，並不會多問什麼。一方面是因為她信任玲斗，但更重要的原因是，她對自己的記憶缺乏自信。

千舟的症狀仍然屬於MCI——也就是輕度認知功能障礙的程度，但最近玲斗經常覺得她可能已經惡化不少。雖然前幾天第一次發生不知道如何回家而求救的狀況，但是經常發生由於千舟忘了最近的事，而導致他們聊天時雞同鴨講的情況。

如果她真的完全進入失智症階段該怎麼辦？玲斗最近整天都在思考這個問題，他當然會做自己力所能及的事，並做好了心理準備。

他很擔心千舟的心情。千舟很聰明，努力接受現實，無論發生任何狀況，都盡可能處變不驚，至少玲斗覺得是這樣。但是，她的內心應該和外在行為不同，不可能不對分分秒秒向自己逼近的黑影心生恐懼。玲斗自問是否能夠為她做什麼，雖然玲斗經常鼓勵她，但有時候覺得這種鼓勵，對自尊心甚強的她反而是一種傷害。

玲斗茫然地思考著這些事，一個小時很快就過去了。他看到冴子拿著手電筒走了回來。

玲斗起身迎接冴子，但一看到她的臉，便頓時大吃一驚。她充血的眼睛下方有明顯的淚痕。

「是不是不太順利？」雖然身為樟樹守護人，不能過問祈念的情況，但玲斗還是忍不住問道。

冴子搖搖頭，用手帕按著眼角。

「完成了。我想我應該完成了受念，我接收到那孩子的意念了，比我想像中更強烈、更鮮明……」

「大福的味道呢？」

「已經接收到了，然後我也回想起來，啊啊，的確是這樣的味道，不由得很懷念。」

「那真是太好了。」

「我要努力讓元哉再次吃到那種大福，我從來沒想到，對他來說，竟然如此重要。」

「既然這樣，那我們就努力讓夢幻的大福復活。」

「好。」冴子堅定地回答後，以若有所思的眼神看著玲斗。「但是……」

「怎麼了？」

冴子舔舔嘴唇，下定決心似地開口。

「為了達成這個目的，我可以再拜託你另一件事嗎？」
「另一件事嗎……」
「是的。」冴子嚴肅地點點頭。

在冴子受念的約二十三個小時後——
玲斗在社務所前，仰望著和昨天並沒有太大變化的月亮，眼角掃到手電筒的燈光慢慢靠近。一對男女正向他走來，女人是冴子，但他不認識那個男人。男人身材高大，體格壯碩。
「你好。」冴子向他打招呼。
「我正在恭候兩位。」玲斗的視線移向她身旁的男人，「這位……」
「他就是元哉的父親。」冴子介紹道。
「我姓藤岡。」男人自我介紹著，但他臉上沒有笑容，眼神中甚至帶著懷疑。
「請問你已經清楚情況了嗎？」玲斗問。
「是，我聽說了……」藤岡有點支支吾吾，「不知道該說難以相信，還是不太能理解，總之是在不明就裡的情況下來到這裡，有點不知所措。這就是我目前真實的心情。」

玲斗緩緩點頭。

「我非常理解，大家一開始都會這樣，所以我只能說，實際體驗一下就知道了。」

藤岡吐出一口氣，轉頭看著冴子。「和妳說的一樣。」

「就是這樣啊。我起初也是跟你一樣。昨天的這個時間之前，我仍然半信半疑。」冴子用強烈的語氣說：「拜託你，你就當作受騙上當，去實際試一下。」

「我會去，我也很關心元哉。」

玲斗把裝有蠟燭和火柴的紙袋交給藤岡，解釋受念的方法。他似乎已經聽過冴子說明，因此邊聽邊點頭。

玲斗和冴子站在一起，目送他走向樟樹的祈念口。

「希望一切順利。」玲斗說。

「我想應該沒問題，我相信他和元哉心靈相通。」

雖然玲斗對冴子這句有點微妙的話感到好奇，但他並沒有追問。

冴子昨晚說要拜託玲斗的「另一件事」，就是希望讓元哉的父親也來受念。

玲斗能夠理解她的想法。比起她一個人受念，如果兩個人都受念，更能夠正確地原味重現，而且之前曾經聽她提過，元哉的父親是廚師，記憶味道的能力很強。

問題在於要如何說服對方。冴子說，她會想辦法搞定這件事。

「我已經和我認識的和菓子店說好了，由你們兩位一起挑戰製作梅子大福，元哉的爸爸一起加入，簡直是如虎添翼。」

「這就不知道了，希望如此。」

「雖然我不知道該不該問這個問題……」玲斗有點難以啟齒。

「什麼問題？你儘管問，沒有關係。」

「藤岡先生目前有新的家庭了嗎？」

「喔，」冴子露出淡淡苦笑，「你果然會好奇。雖然我不太清楚詳細的情況，但好像有正在交往的對象，對方是餐廳的共同經營者。但是他說，並沒有結婚的打算。因為他並不打算和對方生育孩子，他說如果對方之後說要和別人結婚，他不會有任何怨言。」

「他不想要孩子嗎？」

「他說是因為覺得不安。元哉生病時，醫生說無法排除遺傳因素，他似乎對這件事耿耿於懷。」

「藤岡先生一直很擔心元哉嗎？也對，畢竟是親生兒子。」

「是啊。」冴子聞言表示同意，「我之所以希望他來受念，不光是為了製作梅子大福，而有更大的理由。」

「是嗎？妳說的理由是——」玲斗原本想問是什麼理由，但是問到一半，就把話吞回去。他發現冴子的眼中閃著淚光。

「我們應該更早發現那個孩子內心的想法，在透過樟樹瞭解之前，就應該發現。」

冴子眼中的淚水順著臉頰滑落。

玲斗默默低下了頭。

24

穿越神社的院落，沿著石階而下，一輛白色廂型車停在小路旁。車身側面寫著『巧屋本舖』幾個字，壯貴坐在駕駛座上，穿著玲斗以前沒看過的白色上衣。那似乎是他們公司的制服，胸前有公司的標誌。

玲斗揮揮手代替問候，接著打開副駕駛座旁的車門。

「不好意思，等很久了嗎？」

「沒有，我也剛來。那我們出發吧。」

玲斗繫好安全帶，「好。」

「我剛才看到有兩個男人走上石階，」壯貴面部肌肉略微扭曲，「其中一個人穿著運動服，另一個人穿西裝。他們是在神社裡嗎？」

「有嗎？有好幾個人在參拜，但我沒有特別注意。」

「穿運動服那個就是之前叫住我的刑警，我坐在車上，他似乎沒有發現我。」

「又是刑警嗎?他們到底在查什麼?還跑去家裡。」

「家裡?你是說柳澤家嗎?」

「對啊,還問千舟阿姨一些奇怪的問題。」

玲斗簡單提了前幾天的事。

「什麼意思?這是怎麼回事?那個叫久米田的大叔曾經躲在月鄉神社,所以能夠理解刑警整天在神社打轉,但是柳澤阿姨不是跟這件事完全無關嗎?玲斗,你真的不知道是什麼原因嗎?」壯貴在操作方向盤的同時,語氣強烈地質問。玲斗被他的氣勢嚇到,一時答不上來。壯貴似乎察覺到不對勁,踩下煞車,把車子停在路肩。

「喂,玲斗!」壯貴拍打著方向盤,瞪著玲斗。「你該不會有事隱瞞我?」

玲斗垂下雙眼,他無法對壯貴說,沒有隱瞞他任何事。

「玲斗!」

「對不起。」玲斗在臉前合起雙手,「雖然我之前就覺得應該告訴你,但一直沒有機會。」

壯貴重重嘆息,「你到底隱瞞了什麼?是關於案子的事嗎?」

「老實說，沒錯。」
「你該不會要說，就是你幹的？」
「我不會這麼說，但是——」
「但是什麼？」
「但是我知道是誰幹的。」
壯貴驚訝地瞪大眼睛，「是誰？」
玲斗無法立刻回答，壯貴左手伸過來，抓住玲斗的衣襟。「到底是誰？你趕快說。」
「你可以保證不會告訴任何人嗎？」
壯貴雙眼流露出困惑，「是我認識的人嗎？」
「你沒見過，但是你知道那個人，我曾經跟你提過。」
壯貴停頓一下，點點頭。「好，我保證不說。到底是誰？」
「是佑紀奈。」
「啊？」壯貴皺起眉頭，「佑紀奈不就是寫繪本的女高中生嗎？」
「沒錯。」

「啊？等一下。」壯貴摸著頭，「我們在聊哪一件事？不是在說強盜案嗎？」
「就是在說這件事。」
「所以，你的意思是，那個女高中生犯下了那起強盜案？」
「就是這樣。」
「真的假的？不是在開玩笑吧？」
「在目前的情況下，我怎麼可能和你開玩笑。雖然你可能無法相信，但這是事實，只是說來話長。」
「再長也沒有關係，你趕快說清楚。」壯貴說完，熄掉引擎。
玲斗無奈之下，只好把得知強盜案的來龍去脈告訴壯貴。由於必須說明千舟和久米田松子的關係、運用樟樹力量之類的事，他無法說得條理清晰，中途又數次重複說明，但總算述說完來龍去脈。
壯貴聽完之後，摸著額頭，沉默片刻。內容太複雜了，可能需要一段時間整理。
「是不是這樣——」壯貴開口，「佑紀奈攻擊了那個姓森部的大叔，偷走他的錢。久米田雖然知道真實情況，但是他什麼都沒說。然後，你偽造了久米田的感想信給佑紀奈看，接著你又花五萬圓買下佑紀奈的詩集，佑紀奈洗心革面，連同她偷來的錢，用便利袋寄還給森部——我說的沒錯吧？」

「沒錯，不愧是『巧屋本舖』的繼承人。」

「我不是說了很多次，別這麼叫我嗎？話說回來，你怎麼會被捲入這麼麻煩的事，搞不好不是被捲入，而是你自找麻煩。」

「那是因為事態的發展，讓我沒辦法不管。」

「無論是梅子大福，還是繪本，你每次都這樣，但是聽了你剛才說的情況，警察沒有理由盯上你和柳澤阿姨啊。他們到底在想什麼？」壯貴抱著雙臂，歪著頭思考。

「嗯，我認為警方會懷疑我也很合理。」

「不，那倒未必。」壯貴露出警戒的眼神，「也許警察並不是在懷疑你，而是懷疑你可能認識犯案的歹徒，所以才會監視你。」

「警察怎麼會知道我認識做案的人？」

「這我就不知道了，無論如何，還是小心為妙。你不要再讓佑紀奈出入社務所了。」

「但是繪本的創作……」

「這種事不是可以在其他地方進行嗎？誰知道警察會因為什麼契機注意到佑紀奈？相信我，你叫他們換一個地方。」

「好，我會考慮看看。」

「真搞不懂你，怎麼會接二連三惹上麻煩！」壯貴看著前方，發動引擎。

「真的，我也覺得很不可思議。」

「你不要一副事不關己的樣子。」壯貴放下手煞車，踩向油門。

他們開車來到『巧屋本舖』總店，和旁邊的大場家一樣，都是散發出江戶時代風格的純日式建築，難怪店門前有很多人拿著手機在拍照。

壯貴一下車，就繞到店鋪後方。那裡是員工專用的出入口。

一走進店內，立刻聞到帶著甜味的香氣。穿越昏暗的走廊，前方是玻璃隔牆，玻璃內就是工廠。十幾個身穿白色制服的員工正在作業台前默默地做和菓子。

「這裡是手工和菓子專用的工廠，銅鑼燒和最中餅之類的生產線在離這裡有一小段距離的總公司工廠生產，還有羊羹。」

「這樣啊。」

玲斗曾經有在食品工廠工作的經驗，只不過並沒有任何愉快的回憶。在混入異物的事故發生時，他揹了黑鍋，然後就被調去其他單位了。

壯貴走到隔壁房間前，招招手。房間的門打開一條縫。

「你偷偷看一下就好，不要出聲，免得被他們發現。」

玲斗聞言，把臉湊到門縫前。

裡面是廚房，有三個人穿著白色工作服。雖然他們戴著口罩，但玲斗立刻發現其中一人是針生冴子，另外兩個男人之中，高個子的男人就是前幾天剛認識的藤岡。

藤岡拿下口罩，把眼前容器中的東西放進嘴裡，仔細品嚐之後嚥下，搖搖頭。

「不行，完全不一樣，剛才的味道還比較接近。甜味太強，完全蓋過了梅子的味道。」

「你剛才不是說，最好再加點甜味嗎？」

「我說的不是這種甜味，而是和梅子之間協調的感覺。我不是說了，不是砂糖分量的問題嗎？」

「那到底該怎麼辦？」

「我正在想啊，妳不要亂出主意。」

「我哪有亂出主意？我只是在表達意見而已。」

兩個人說話的口氣都很差，可能心情都很浮躁。

「好了好了，你們別激動，」另一個男人安撫他們，「我們只能逐一嘗試，我昨天也說了，不能夢想一步登天，馬上就找到答案，必須一步一步來。」

「好，不好意思。」冴子和藤岡都開口道歉。

壯貴抓著玲斗的肩膀，似乎示意他趕快離開。

「差不多就是這樣的狀況。」壯貴走向後門時說。

「比我想像中難度更高，外行人果然很難完成嗎？」

「事到如今，你還在說這種話，而且我告訴你，最初的狀況更驚人，無論是外皮的製作和內餡的攪拌都要從頭教起。教他們的師傅幹勁十足，簡直就像是魔鬼教官。藤岡先生不是廚師嗎？但那些師傅說，沒想到他願意放下自尊心，學習時很有耐心。」

「原來是這樣……」

來到戶外，坐上車前，玲斗轉頭看著壯貴說：

「壯貴，我還要再道謝一次，真的很感謝你。」

壯貴皺起鼻子。

「媽的，我才不需要你這種客套的感謝，我只是安排一下，說服公司的人沒有花太多力氣，更何況可以在開發新商品時帶來靈感，我們沒有任何損失。」

「聽你這麼說，我鬆了一口氣……」

「最辛苦的還是他們兩個人，如果只是要做出理想的和菓子，師傅可以提供很多意見，問題是重點並非如此，只有他們兩個人知道元哉記憶中的味道，而且他們對於元哉渴望的味道是不是和自己相同完全沒有自信。你剛才看到了，他們整天意見不合，我們看在眼裡也會擔心。」

「是這樣啊……你之前都沒有和我提過，我還以為他們進展很順利。」

壯貴皺起眉頭。

「怎麼可能這麼簡單？雖然遲遲沒有進展，但在持續試錯的過程中，他們兩個人的想法開始慢慢有共識。那些師傅認為，他們應該感受到正在往相同的方向努力，再加把勁，應該就可以看到終點了。因為聽到師傅這麼說，我今天才找你過來。」

「原來如此，聽你這麼說，我就放心多了。」

「我們也很期待夢幻的梅子大福完成的那天。」壯貴笑笑，打開車門。

玲斗也坐上副駕駛座。回月鄉神社的路上，他看著車窗外的風景，回想起藤岡跟著冴子來受念那一天晚上的情景。

那天晚上，藤岡從樟樹回到社務所前，表情和之前完全不一樣。他的臉頰僵硬，紅著雙眼。

「我完全明白妳帶我來這裡的理由了，」藤岡對冴子說，「起初我接收到意念時驚訝不已，因為能夠感同身受地體會元哉的內心世界，那是我以前所不知道，也完全無法想像的事。我覺得那是奇蹟，但是很快就發現，那不是重點，我必須瞭解元哉帶著什麼樣的心情活著。沒想到竟然——」

藤岡突然停下來，向玲斗鞠躬。

「很抱歉，可以讓我們兩個人單獨談一談嗎？」

「喔，好……」

玲斗想要走進社務所，但冴子叫住他。

「請等一下。不行，直井先生也要一起聽。」

「但是……」

「是直井先生替我們安排了這樣的機會，而且，我接下來打算做的事，還需要請直井先生幫忙。」

藤岡用力皺起眉頭，沉默片刻後點頭。「既然妳這麼說……」

冴子轉頭看向玲斗。

「我兒子知道，他剩下的時間已經不多了。」

「啊？剩下的時間是指……」

「就是剩餘的壽命。手術後，醫生說，他的餘命可能不會超過兩年。我傳訊息告訴他爸爸，元哉似乎看到了訊息。那時候他還沒有出現記憶障礙，所以至今仍然記得這件事。」

玲斗相當錯愕。從元哉在他面前表現的開朗態度，完全無法想像他內心有這樣的煩惱。

「對現在的元哉來說，創作繪本是他生命的意義，他積極投入，想留下自己曾經活著的證明。我們很希望能夠為那個孩子做些什麼。」冴子注視著藤岡問：「你知道梅子大福所代表的意義了吧？知道為什麼會成為他充滿回憶的食物了吧？」

「我知道，」藤岡點點頭，「對他來說，那是幸福的象徵，雖然曾經帶他去過很多更好玩的地方，像是夏威夷或是東京迪士尼，但是沒想到他最快樂的時光，竟然是在那家不起眼小店吃到的大福……」

「那是因為當時我們一家三口在一起。對他來說，這才是最重要的事。」

「看來是這樣。」藤岡垂下雙眼說，「他和我見面時，完全都不說這些。」

「不是不說，而是說不出口，他很貼心。」

「是啊。」

「那個……」玲斗遲疑地開口，「聽元哉說，他和爸爸見面的日子，並不會把你們見面的事寫在日記上，他說很可能是因為並不愉快，真的是這樣嗎？」

「不，應該不可能……」藤岡結結巴巴地說。

「這也是他的貼心。他難得見到父親，應該打從心裡高興，只要看到他回家時的表情就知道了——對不對？」冴子向前夫確認。

「以我看來是這樣。」藤岡委婉地回答。

「那孩子是顧慮到我的心情，他覺得只要寫在日記上，我以後就可能會看到，於是就不寫了。我是在受念之後，才知道這件事。孩子都已經生病了，還要這樣顧慮我的心情，我這個當母親的真的很沒出息。」冴子泫然欲泣，然後看著藤岡。「我決定做梅子大福給元哉，無論如何，都要重新做出那款大福，要讓那孩子吃到，你當然要一起參加。」

藤岡直視著前妻的雙眼，堅定地回答：「那就一起努力。」

玲斗覺得這對曾經的夫妻，在那個瞬間建立了羈絆。

抵達月鄉神社後，壯貴沒有下車，直接回去公司。玲斗目送輕型廂型車離去，心想等梅子大福完成之後，必須再次請他吃飯，到時候皮夾裡要多放點錢，無論壯貴點幾杯『村尾』，都不必擔心沒錢結帳。

走到社務所時，玲斗嚇了一跳。中里竟然在社務所。

「中里先生……你在這裡幹什麼？」

「幹什麼？當然是工作，並不是來玩。」

玲斗看著元哉和佑紀奈，發現佑紀奈的臉色似乎有點難看。

「你找他們幹嘛？」

「不必露出這麼可怕的表情，」中里苦笑，「只是請他們協助偵查，已經結束了，我要走了。」

「協助？協助什麼？」

「你問他們就知道了。不是什麼重要的事。用不著擔心，先不說這些，這個太厲害了。」中里指著貼在牆上的畫，他的手上戴著白色手套。「他們在創作繪本，真令人驚訝。」

「全拜年輕的才華所賜，等到完成之後，要不要送你一本？」

「不，不敢當，我會自己去買。」中里拿下白色手套，放進西裝內側口袋。他對元哉和佑紀奈說：「謝謝你們，很有參考價值。」然後就走出社務所。

玲斗目送中里的背影離去後，問元哉和佑紀奈：「他問了什麼？」

他們兩個人互看一眼。

元哉先開口回答：「他問我們在這裡做什麼，我回答說，我們在創作繪本。」

「還有呢？」

「他拿了平板電腦給我，給我看了很多人的照片，問我有沒有認識的人。」

中里也問了千舟相同的問題。

「你怎麼回答？」

「我說可能見過，但因為生病，全都忘記了，給我看這些照片也沒用。沒想到那個大叔說沒關係，反正先看看再說，於是我就看了，當然全都是不認識的人。我這麼回答，那個大叔看起來好像無所謂，但心裡應該很失望。」元哉看起來很愉快。

玲斗將視線移向佑紀奈，「他也給妳看了那些照片吧？」

「是的，在元哉看的時候，他給了我另一台平板電腦，問我相同的問題。」

「另一台平板電腦？中里先生帶來兩台平板電腦嗎？」

「是啊……」

玲斗想起中里的白色手套。他知道刑警隨時帶著手套的理由——為了避免在碰觸證物時，留下自己的指紋。

「怎麼了？」佑紀奈的眼神不安地飄忽著。

「不，沒事。」玲斗努力擠出笑容掩飾。

之後，他們一起度過一如往常的週六時間，玲斗送元哉和佑紀奈離開後，打掃完神社，踏上歸途。

回到家後，發現千舟正在看什麼廣告單。

「我回來了。」玲斗向她打招呼。

「喔喔，你回來了。」千舟拿下老花眼鏡，開始收拾那些小冊子。「我來準備晚餐，你去換衣服。今天晚上吃味噌鯖魚。」

「這是什麼的廣告單？」玲斗走向桌旁問。

「沒什麼。」千舟冷冷地回答，然後吐出一口氣，轉頭看著玲斗。「好吧，也許你看一下比較好。」

「到底是什麼？」

千舟把廣告單放在玲斗面前。原來有好幾種不同的廣告簡介。

玲斗看了最上面的廣告單，心中一驚。那是有照護人員的老人安養院。

「你是因為聽了中里副警部的話感到擔心嗎？他提到他媽媽住在養老院。」

千舟苦笑著搖搖頭。

「我之前就在想這件事，難道你以為我完全沒有考慮自己以後的事嗎？」

「這個、我想應該不會……」

「老人有老人的自尊心，在餘生盡可能避免給別人添麻煩就是其中之一。等到我完全失智，到時候傷腦筋的就是你。我不想讓你因為我太辛苦，我再說一次，這是我自尊心的問題。」

千舟說話有條不紊，完全不像是有輕度認知功能障礙的人。玲斗無言以對，只能默默拿起廣告單，看著第一頁的內容。照片上有漂亮的房子和周圍綠樹成蔭的環境，介紹文中寫著『院內附設醫療機構，可以在享受醫療照護的同時，享受自由的時間』，重度失智症患者仍可以入住。

食堂寬敞明亮，居室空間超過三十平方公尺，有廁所和浴室，而且每個房間都有儲藏室。

玲斗覺得如果千舟住在這種地方，應該可以很放心。

「這家養老院是不是很不錯？」千舟問，「還有客房，即使有訪客，也可以留宿。」

「很棒啊。」

「但是，費用是個大問題。」

玲斗將視線移向費用欄，忍不住眨眨眼睛——入住費用要『四千萬圓到七千五百萬圓』，而且每個月月費還要二十萬圓以上。

「有點貴呢。」

「對吧？所以不考慮。」千舟又拿起另一張廣告單，「這裡似乎在我能力範圍內。」

玲斗接過那張廣告單，打開後先確認費用。雖然每個月同樣要支付二十萬圓左右，但入住時不需要任何費用。

只不過提供的服務內容和剛才那家相去甚遠。照護人員並不是二十四小時都常駐在安養院內，醫療服務也是和其他醫院合作，最令人在意的是，室內的居住空間不到十五平方公尺，雖然有廁所，但室內並沒有浴室。

「這會不會太小了？」玲斗歪著頭，「而且醫療體制不夠完善，還是這家『光壽之鄉』比較理想。」他指著第一份廣告單說。

「剛才不是已經說過，不考慮那裡嗎？」

「是嗎？雖然的確有點貴，但是並不至於無力負擔。妳不是有足夠的存款嗎？」

「你怎麼知道我的存款金額——」千舟皺著眉頭，「我記得我們之前曾經有過類似的談話，是我的錯覺嗎？」

「並不是妳的錯覺，雖然我當時裝糊塗，但我知道妳存款的大致金額，只是現在可能比那時候少了一些。」

「那時候？」千舟稍微思考後，恍然大悟地點頭。「原來是這麼一回事。你接收到我的意念，但是我沒想到連存款的金額也傳達給你了。」

「雖然說這種話有點奇怪，但我認為很難在傳達柳澤家的理念時，完全不去想到財產的事。」

「似乎是這樣，既然如此，你更應該清楚，我沒有能力入住這麼奢侈的安養院。」

「為什麼？每個月支付二十萬圓，一年就是兩百四十萬圓，假設妳再活二十年，就是四千八百萬圓。」

「雖然我並不打算活那麼久，但假設真的活了那麼久，你再加上入住費算一下。」

「假設妳入住五千萬圓的房間，總共將近一億圓，那不是綽綽有餘嗎？」

「哪裡綽綽有餘？你忘了一件重要的事，即使我住進安養院，仍然需要維持管理這個家和月鄉神社，所有的費用加起來，我還沒死，錢就已經花光了。之後要怎麼辦？」

「不能到時候再說嗎？」

「當然不行，你該不會打算賣掉這棟房子？」
「這……」玲斗無言以對。千舟說對了。
「我就知道。」千舟瞪著他，「不行。我不同意你賣掉這棟房子，而且我在遺囑上交代清楚了，你趁早死心吧。」
「啊？」玲斗瞪大眼睛，「妳什麼時候寫了這種東西……」
「等到我完全失智就來不及了。」
「好吧，我不會賣這棟房子，我會想辦法，妳真的可以放心入住『光壽之鄉』。」
「你會想辦法？難道我要指望這種毫無根據的話嗎？中里副警部也提過，必須慎選安養院。好，這個話題就到此結束。」千舟收起廣告單。
「說到中里副警部，我想拜託妳一件事。」
「什麼事？」
「可以讓我聽一下你們當時的談話嗎？妳不是有錄音嗎？」
「雖然我有錄音，但你為什麼要聽？」
「中里副警部可能發現了案件的真相，我想確認一下。」

「真相？」千舟納悶地問：「什麼真相？」

「就是犯下強盜案的人是佑紀奈。」

「佑紀奈？」

「就是和元哉一起創作繪本的女高中生。」

「那個女高中生是強盜嗎？」

「是啊……」玲斗越說越小聲，他發現千舟似乎已經忘了這些事。

千舟自己也察覺到了。她沉默不語，拿起放在桌上的錄音筆，遞給玲斗。

「我聽了沒問題嗎？」

「雖然可能會有麻煩，但你晚一點再告訴我前因後果，我也會去看一下記事本。」

「好。」玲斗接過錄音筆。

走回自己房間後，他來不及換衣服，就把錄音筆接到電腦上。

他很快就找到了想要確認的那段談話。內容如下：

（請問妳都用什麼方式支付薪水給直井玲斗？是透過銀行匯款嗎？還是給他現金？）

（薪水……他並沒有薪水，別看他人高馬大，他還是學生，只不過是念函授學校。你為什麼要問這個問題？）

（並沒有特別的理由，我只是在想，你們雖然住在同一個屋簷下，但是經濟上應該各自獨立，如果妳認為不方便，可以不回答。）

（談不上不方便，我通常都是每隔幾個月，給他一整筆錢，這樣可以減少彼此的麻煩。）

（請問妳最近一次給他錢是什麼時候？）

（我不記得了……可能三個月前。）

（那時候是給他新鈔嗎？）

（是啊，就像給壓歲錢或是紅包一樣，我覺得還是必須用新鈔。）

（原來是這樣，很抱歉，問了妳這些無聊的問題。非常感謝妳的協助，那我就告辭了。）

（不好意思，都沒有好好招待你。）

玲斗操作電腦，停止繼續播放。

他嘆了一口氣。果然是這樣啊。

中里拿出平板電腦的真正目的，並不是為了確認照片，而是採集指紋。強盜攻擊森部時，使用的凶器是玻璃菸灰缸，菸灰缸上應該有留下指紋。警察試圖比對指紋，找出強盜。

警方為什麼會盯上千舟、元哉和佑紀奈？這三個人的共同點，就是都和玲斗有關。警察來到月鄉神社，並不是因為久米田曾經在這裡躲藏的關係，而是因為玲斗在月鄉神社。為什麼沒有採集玲斗的指紋？理由很明確——警方已經有玲斗的指紋。之前玲斗被逮捕時，留下了指紋，警方已經確認，他的指紋和菸灰缸上的指紋並不相符。

但是，警方確信，強盜就在玲斗周圍。為什麼？

原因就在於玲斗之前給佑紀奈的萬圓紙鈔——

「這是怎麼回事？你從頭再說一次。」千舟拿著記事本問道。

「我是說，」玲斗舔舔嘴唇，重新開始說明。「我花了五萬圓跟佑紀奈買下詩集；而她，雖然沒有動用從現場拿走的一百萬圓，但已經用掉森部那天給她的兩萬圓打工費，於是她就從我給她的五萬圓詩集費用中拿走兩萬圓，連同那疊一百萬圓，一起用便利袋寄給森部。」

「這我都知道，記事本上都有記錄這些過程，警方也因為這樣才釋放康作。」

「照理說，事情就到此圓滿落幕，但是警察並沒有放棄。他們不僅沒有放棄，而且還掌握了重要的證據。那就是和一百萬圓一起收到的兩張一萬圓紙鈔。警察一定分析過紙鈔上的指紋。那些是新鈔，很容易驗出指紋。」

「你是說，我不該給你新鈔嗎？」

「並不是這樣，只要運用目前的科學技術辦案，即使是舊鈔，也能驗出前科犯的指紋。」

「前科犯？」

「就是我。只不過如果是舊鈔，有可能是我之前碰過的紙鈔，結果又輾轉剛好寄回給森部；但因為是新鈔，留在上面的指紋很少，而且上面應該還有和從凶器的菸灰缸上採集到的相同指紋，所以警察就開始監視月鄉神社，鎖定我周圍的人。」

千舟用指尖按著太陽穴，看著記事本。

晚飯後，千舟要玲斗繼續解釋剛才的事，但是情況很複雜，說明起來並不容易。

她還是無法理解嗎？玲斗感到不安時，千舟開口。

「所以警方發現，只有三個人碰過一萬圓紙鈔，其中一個人是直井玲斗。那麼，另外兩個人是誰呢？」

「不，我想警察應該無法斷定只有三個人。拿紙鈔時，至少要用兩根手指，而且也可能碰好幾次。」

千舟搖搖頭。

「最新的科學辨案結合人體工學，會分析人在拿東西時的動作，從紙鈔上的指紋推測出三個人並不是困難的事，而且警方已經有直井玲斗的十個指紋，剩下的只要用減法就可以搞定。」

原來是這樣。玲斗恍然大悟。沒想到千舟有輕度認知功能障礙，卻可以表達這樣的意見。千舟的腦袋到底是怎麼回事？如果可以，真想好好見識一下。

千舟摸著臉頰。

「看來警方遲早會注意到佑紀奈。」

「我也這麼想，請問該怎麼辦呢？」

千舟坐直身體，閉上眼睛，好像開始冥想。

不一會兒，她睜開眼睛，點了一下頭。

「先按兵不動。」

「按兵……不動嗎？」

「你不是還有很多其他的事要思考嗎？像是梅子大福，還有繪本的事。」

「雖然是這樣……」

「就算警方問你案子的事，你自始至終都要說自己毫不知情。一旦你成為破口，就會全軍覆沒。」

「我知道了。」

「還有一件事。」千舟豎起食指，「你不要再說自己是前科犯，你並沒有被起訴，沒有留下前科。你反省自己曾經犯下的愚蠢行為這完全沒有問題，但千萬不要覺得抬不起頭。沒有被起訴的人的指紋還留在警方資料庫內沒有刪除，這是很不合理的事，照理說，你必須感到憤怒。你之所以不生氣，是因為你覺得自己抬不起頭。你要記得一件事，屈從、自卑是缺乏擔當，你是不是覺得反正自己就是不行？如果這麼想就會很輕鬆沒錯，問題是這個世界並沒有這麼好混，不允許你逃避，更何況你是樟樹守護人。」

千舟一口氣說完，玲斗茫然地注視著她。好久沒有聽到阿姨這麼慷慨激昂地說話了，但這才是真正的她。

「我會牢記在心。」玲斗說。

25

在千舟要求玲斗按兵不動的兩天後，傍晚時分，中里來到社務所。玲斗正坐在電腦前寫報告，門突然被打開。

玲斗抬起頭，誇張地皺起眉頭。「至少該敲一下門吧。」

「喔喔，不好意思，但是如果你希望別人這麼做，至少要在門上寫清楚，有事請敲門，或是可以裝一個搖鈴。」

「我會考慮。」玲斗闔起筆電，「有什麼事嗎？」

「真是冷淡啊，上次還請我喝了烏龍茶。」

「我真是太不機靈了，我馬上來準備。」玲斗準備從椅子上起身。

「不不，我並不是想喝茶，你坐著就好，坐著就好。」中里慌忙搖著手，拉了一張空椅問：「我可以坐這裡嗎？」

「請坐。」

中里在椅子上坐下，乾咳一聲，看著玲斗。

「今天上午，你的阿姨——柳澤千舟女士來到警局。」

「千舟阿姨？」

玲斗大吃一驚。他們今天一起吃早餐，但千舟完全沒有提到這件事。

「她沒有告訴你嗎？」

「對，她沒說。」玲斗點點頭。

中里一臉不解，但再次開口。

「她穿著得很正式，一身和服，對櫃檯說，她要找警局的局長，要跟局長談話。櫃檯的人問她有什麼事，她說是關於春川町強盜傷人案。但是櫃檯值班人員是菜鳥員警，聽到柳澤的姓氏完全沒有感覺，只覺得來了一個奇怪的老太婆，差點把她趕走。還好警務課長剛好也在櫃檯，認得柳澤集團前名譽顧問，於是立刻通報給局長，局長在會客室接待了柳澤女士，但是局長聽完柳澤女士說的話後大吃一驚。」中里停頓一下，看著玲斗。「你猜她說了什麼？」

「她說了什麼？」

「她說，她知道我們打算逮捕早川佑紀奈，但是希望我們暫時不要採取行動，她可以告訴警方這起案件的所有真相——她以堅定的態度對局長說了這番話。」

玲斗深深吸氣。他完全沒想到千舟會採取這麼直接的戰術。

「局長當然嚇了一大跳。因為局長剛接獲報告，認為早川佑紀奈可能是案件的嫌犯，正在考慮請她主動到案說明。」中里目不轉睛地注視著玲斗，「你知道警方為什麼會注意到早川佑紀奈嗎？」

「我完全不知道。」玲斗毫不猶豫地回答。他想起千舟曾經對他說，無論警察問什麼，都要自始至終回答不知情。

「真的嗎？」中里懷疑地看著他，「但是你看起來似乎並不驚訝。」

「我非常驚訝，只是因為太驚訝，所以呆住了。這不可能，佑紀奈怎麼可能是強盜案的嫌犯？她只是普通的女高中生，千舟阿姨為什麼這麼說？」

中里興致高昂地說：「大部分犯罪都是普通人犯的。」

「也許是這樣……」

「我們發現了重要的線索，認為那起案件的歹徒很可能和這家神社有關。我相信你也已經發現，偵查員經常在這裡監視。雖然會讓你覺得不太舒服，但這都是有理由的。」

「什麼重大的線索？」

中里搖搖頭，「不好意思，恕我無法透露。」

「既然和神社有關，不是應該最先懷疑我嗎？」

「既可以說是，也可以說不是。其實還有另一條重大的線索，我們稱之為物證。由於有這項物證，因此知道你並沒有直接參與犯案。」

「什麼物證……」

「就是指紋。」中里在臉前甩著左手，「犯案時所使用的凶器上留下多枚指紋，但並沒有直井玲斗的指紋──你之前因竊盜被逮捕，由於是初犯，而且年紀很輕，又順利和被害人和解，最後是緩起訴處分。」

警方的資料庫中，果然有玲斗的指紋，恐怕會永遠留在那裡。

雖然千舟說，必須為此憤怒，但玲斗並不打算抗議。

「基於這個原因，我們決定徹底確認平時經常造訪這座神社的人，尤其是經常出入社務所的人。說白了，就是為了採集指紋。我知道你想要說什麼，你不必擔心，未經當事人同意所採集的指紋，並不會登錄在資料庫內，在法庭上不能成為證據，我們只是用於偵查。原本以為很快就能夠水落石出，沒想到我們想得太簡單。我們太大意了，認定強盜是男人，只採集成年男人的指紋。我們相信被害人森部俊彥的證詞，但是我們應該考慮到他可能會記憶錯亂，或是刻意說出不實證詞，結果因此繞了一大圈。」

「你讓元哉他們操作平板電腦，也是因為不分男女老幼，要採集所有人的指紋嗎？」

中里聞言，表情微微扭曲。

「這都是為了逮捕犯人，我並不想這麼做，但是確實有了收穫。」

「佑紀奈的指紋和凶器上的指紋一致嗎？」

中里十分嚴肅，緩緩點點頭。

「真是太驚訝了，我們完全沒有想到是女高中生下的手，但是事已至此，當然必須進行偵訊，只不過萬一以強盜案關係人的身分逮捕女高中生，媒體可能會大肆報導；而且這和被害人證詞說犯人是男性一事相互矛盾，這點很令人在意。因此，我們內部正在討論，必須謹慎行事，而柳澤千舟女士剛好在這個節骨眼上到警局來。」

「阿姨告訴你們案件的真相了嗎？」

「如果那些荒誕無稽的內容是真相，的確已經聽說了。你想知道內容嗎？」

「當然。」

中里在冷笑的同時，注視著玲斗，然後正襟危坐，似乎重新調整了心情。

「柳澤女士說的內容如下——早川佑紀奈為了幫助家計，經常收取金錢和森部俊彥約會，就是所謂的援交，但是他們並沒有肉體關係，只是一起吃飯而已。每次約會的費用是兩萬圓。沒想到有一次，森部沒有帶早川佑紀奈去餐廳，而是帶她回家。目的當然只有一個，那就是企圖強暴她。森部從抽屜拿出兩萬圓交給她之後，突然撲向她。早川佑紀奈驚嚇之餘，拿起旁邊的菸灰缸打向森部的頭部，導致森部倒在地上。早川佑紀奈看到森部躺在地上一動不動，以為自己殺了他，於是就在逃走之前，從抽屜中拿走一百萬圓，試圖偽裝成強盜所為。沒想到森部並沒有死，早川佑紀奈從報導中知道這件事，做好了警察會立刻上門抓她的心理準備，沒想到警方逮捕了名叫久米田康作的人。早川佑紀奈發現久米田雖然知道真相，但卻袒護自己。早川佑紀奈萌生罪惡感，於是就用便利袋把偷走的錢寄到森部家，要證明久米田並不是強盜——」

中里像說書人般流暢地說完之後，抱著雙臂，笑得肩膀都搖晃起來。

「如果這是編出來的，只能說佩服她編得天衣無縫。按照柳澤女士所說的內容，就可以解釋森部為什麼聲稱強盜是男人。更令我驚嘆的是，之所以以便利袋寄送的金額是一百萬外加兩萬圓的原因。搜查總部曾經討論過，那兩萬圓到底是怎麼回事，但是遲遲沒有得出具有說服力的結論。但是，若是像柳澤女士說的那樣，就完全沒有任何矛盾。只不過令人不可思議的是，如果案件的真相果真如此，柳澤千舟女士為什麼知道？關於這個問題，柳澤女士回答說，她從某人口中得知，那個人背負著見證這個世上所有不合邏輯事物的宿命，同時還補充說，她無法說出那個人是誰。」

中里說，千舟之後表達了以下的意見——

「也就是說，那起案件的真正犯人是早川佑紀奈。你們當然不希望案件懸而不決，不得不逮捕她，但是，完全沒必要操之過急。如果你們逮捕她，無法用強盜傷害罪起訴她，最多只是竊盜罪和傷害罪，但是傷害罪恐怕很難成立。因為律師一定會主張正當防衛，相反地，森部俊彥很可能因青少年保護相關的淫行條例和強制性交罪被追究罪責。因此，一旦早川佑紀奈招供，案件的樣貌就會徹底改變。警方與其到時候措手不及，還不如趁現在充分思考如何處理這起案件對警方最有利，這樣對你們不是比較好嗎？早川佑紀奈逃亡的可能性是零，她目前正用自己的青春實現夢想，所以我希望在她努力實現夢想前，你們先不要打擾她。拜託了。」據聞千舟說完這番話後，深深鞠了一躬。

「老實說，真是太驚訝了。她不是有輕度認知功能障礙嗎？上次見面時，她親口告訴我這件事，而且頻頻看著像是備忘錄的記事本，沒想到她竟然可以完全不看筆記，就滔滔不絕地說完那番話，我覺得她太了不起了。」

「柳澤千舟女士的確是很了不起的人。」玲斗用全名稱呼自己的阿姨，「那麼，警方後來怎麼判斷呢？」

「局長說，容我們考慮一下，然後請柳澤女士先離開。雖然對她說的內容很感興趣，但不能照單全收，需要證據佐證。於是就找來久米田，質問他是不是在袒護別人。雖然沒有說出名字，但是我們巧妙地暗示是早川佑紀奈。雖然他否認，但明顯是在說謊。於是在和局長、刑事課長他們討論之後，決定暫時繼續觀察。我們並不想影響有前途的年輕人，而且森部在地方上有影響力，在警視廳又有朋友。正如柳澤女士判斷，我們需要時間研究如何處理這起案件對警方最有利，但是我身為偵查第一線的負責人，無論如何都想確認一件事，所以今天才會來這裡。」

「你想要確認什麼？」

「柳澤女士提到的『背負著見證世上所有不合邏輯事物宿命的人』到底是誰，那就是年輕的樟樹守護人，也就是你，對不對？」

「為什麼是我？」

「柳澤千舟女士所說的內容並不像編造虛構，而且合乎邏輯，我想應該很接近事實。那麼，她是如何掌握到這些情況的呢？很抱歉，柳澤女士那種玄妙的說明無法說服我。我得出了一個結論，那就是早川佑紀奈自己說出真相。但是，她和柳澤千舟女士沒有直接關係，只有一個人能夠把她們連在一起——」中里豎起食指，然後把指尖轉向玲斗。「早川佑紀奈將自己所做的事告訴了你，對不對？」

玲斗不知如何是好。中里的推理雖不中亦不遠矣，但又有微妙的錯誤。到底該如何解釋？

「請回答我一個問題。請問你們是基於什麼理由，斷定犯人和這家神社有關……正確地說，是和我有關的人？」

中里挑起眉毛，額頭擠出皺紋。

「你覺得呢？你推理看看。」
「是指紋嗎……用便利袋寄去的一萬圓紙鈔上的指紋……」
中里開心一笑。
「你果然很聰明，沒錯。除了那疊一百萬以外，還有兩張一萬圓的紙鈔，那兩張一萬圓上都有你的指紋。」
玲斗嘆了口氣，「我以後是不是在日常生活中都最好戴上手套？」
「如果你沒有做任何虧心事，根本沒必要吧？」中里賊笑，「你是不是知道案件的真相？」
「如果我知道，又怎麼樣呢？」
玲斗知道這樣的回應很不妥，但還是如此說道。
中里的神色頓時變得柔和。
「你轉告那兩個年輕人，有個刑警很期待他們完成繪本。」
中里意想不到的回答讓玲斗不知所措，一時不知該如何回應。中里似乎很滿意玲斗的反應，笑著起身。「那我就告辭了。」他走向門口時，停下腳步，轉頭看著玲斗。「你知道《簡・愛》嗎？是一本英國的小說。」

「不，我不知道。」

「我猜也是。」中里點點頭，「我媽剛好在十年前住進了安養院。三年前開始，失智症越來越嚴重，她自己很痛苦，她可能想努力設法延緩失智症惡化，於是就開始背《簡・愛》的原文。我媽以前是國中的英文老師，剛開始時的背誦很出色。她把書交給我，要求我幫她確認有沒有背錯，她可以將二十頁左右的內容一字不差地背出來，但是之後正確的頁數就越來越少。直到有一天，她完全想不起小說的第一句是什麼。她可能很受打擊，之後就再也不背了。我記得沒多久之後，她看到我時竟然問我『你是哪位』。」

中里的語氣很輕鬆，簡直就像在說什麼開心的事，但反而讓人更加深刻感受到事態的嚴重性。玲斗聽了，心情不由得沉重起來。

「你會去探望你媽媽嗎？」

「不，」中里搖搖頭，「已經很久沒去了。既然她連我是誰都不知道，去了也沒有意義。」

「是這樣嗎？」

「今天柳澤千舟女士的演說很出色，但是，明天未必能夠做到相同的事——」

「我知道，」玲斗打斷對方，「別擔心，我已經做好了心理準備。」

「……是嗎？那就好。」中里點點頭，再次走向門口。

千舟聽完玲斗的報告，表情並沒有太大變化。

「原來是這樣，警方決定暫緩行動，真是太好了。」千舟一本正經地用筷子夾著燉什錦蔬菜。

「雖然妳之前要求我堅稱毫不知情，但我沒有做到，對不起。」玲斗的雙手分別拿著飯碗和筷子，鞠躬向千舟道歉。

「嗯，沒辦法。我之前就猜到中里副警部會去找你。」

「既然這樣，妳應該提前告訴我，我當時真是手足無措。」

「身為樟樹守護人，當然必須具備這種程度的機靈。」

玲斗縮起脖子，把茄子放進嘴裡。

「妳已經選好安養院嗎？」

「安養院？」

「就是養老院。」

千舟停下手，眼神流露出不安。她放下筷子，拿起放在一旁的記事本翻閱。她正在尋找線索，努力理解玲斗的問題。她的表情就像迷路小孩般無助。

千舟抬起頭。

「是啊，必須考慮養老院的事，我忘了把之前蒐集的廣告單放在哪裡了。」

「妳放在那個櫃子裡。」玲斗指著牆邊的碗櫃說。

「這樣啊……那等一下來看一看，不知道有什麼樣的安養院。」

她似乎已經失去之前看廣告單時的記憶，也忘了和玲斗之間的對話。

「呃……」

「怎麼了？」

「妳上次很中意一家名叫『光壽之鄉』的安養院，我覺得那裡很不錯。」

「『光壽之鄉』嗎？我會記住。」

千舟放下記事本，再度拿起筷子。

26

玲斗坐在鐵管椅上，打量著社務所的牆壁。牆上貼的畫超過二十幅，每幅畫的下方，都貼著印有文字的紙張。這些文字當然就是繪本的故事內容。聽佑紀奈和元哉說，已經完成了九成的內容，雖然玲斗認為他們很快就會完成剩下的一成，但他們兩個人說，事情並沒有這麼簡單。

樟樹女神會向男孩展示什麼樣的未來——他們仍然為結局的部分煩惱不已。由於實在想不出來，佑紀奈一度打算更改女神讓男孩看到未來的故事設定。但是在多次試錯之後，得出了結局非這樣不可的結論，於是他們重新回到原點，構思結局。

玲斗身後傳來拉門打開的聲音。回頭一看，發現元哉站在門口。

「是……直井哥哥，對嗎？」元哉很沒有自信地問。他還是和第一次來這裡時一樣，在聊天進入佳境之前，說話還是很謹慎多禮。

「嗨。」玲斗笑著打招呼。

元哉走進社務所，抬頭看著牆上的畫。

「在這個階段停滯差不多一個月了。」

他仍然和以前一樣，用事不關己的語氣談論著自己正在做的事。

「創作故事很困難。」玲斗說。對他而言真的是事不關己，因此心情可以很輕鬆。

「雖然佑紀奈會決定故事的結局，但是我看了日記之後，發現我也出了不少主意。」

「你非但出了不少主意，而且還很積極表達意見，有時候還會和佑紀奈激烈爭論。」

元哉苦笑著坐下。

「我真是不知天高地厚，明明有記憶障礙。」

「在創作繪本時，從來不覺得你有任何障礙，每次都讓我很佩服。」

哈哈哈。元哉發出乾笑聲。

「我之前在日記上提到，直井哥哥很會捧人。」

「沒這回事，我說的是真心話。」

元哉似乎想要反駁，但肩膀突然放鬆垂下。

「日記上還寫著，直井哥哥是我的恩人，讓我瞭解活著的意義。」

聽到這麼沉重的話，玲斗有點不知所措。
「喂喂喂，你饒了我吧。聽到你說這種話，我以後就不能耍笨，不能隨地亂小便了。」
元哉露出平靜的笑容，再次看向牆上的畫。
「未來……嗎？不知道佑紀奈會讓男孩看到什麼樣的未來。」
元哉嘀咕後，聽到敲打玻璃窗的『咚咚』聲。佑紀奈的身影出現在窗外，玲斗指指拉門。
門打開了，佑紀奈走進來，柔聲打招呼。「午安。」
「午安。」元哉鞠躬回應，他抬頭看著佑紀奈的眼神閃著光芒。
玲斗從冰箱中拿出可樂和烏龍茶的寶特瓶，連同兩個杯子一起放在桌子上。一看時間，已經下午一點多。
「你們慢慢坐。」玲斗說完這句話後便走出社務所。
走到院落時，他拿出手機撥打電話，立刻聽到電話中傳來冴子的聲音。
「喂？」
「他們正在社務所內。」

「我知道了，我們現在就過去。」

掛上電話後，玲斗走到鳥居下方，看到三名男女走上石階的身影。他們是冴子、藤岡和大場壯貴。藤岡手上抱著一個長方形的盒子。

三個人走過來時，玲斗鞠躬說道：「辛苦了。」

「直井先生，這次真的太感謝你了。」冴子說。

玲斗看向藤岡手上的盒子，「就是這個嗎？」

藤岡打開盒蓋，「總算完成了。」

盒子內有四顆大福，白色的外皮中透出宛如翡翠般的淡綠色。那應該是梅子甘露煮。

「就是……那個味道嗎？」

「應該是。」藤岡小心翼翼地蓋上蓋子，和冴子互看一眼。「我們一起確認了好幾次。」

冴子點頭說道：「應該沒問題。」雖然她用字有所保留，但語氣聽起來充滿自信。

「那就請你們趕快送去。元哉應該會嚇一跳，但我相信他一定會很高興。」

「好。」冴子回答後，向藤岡點點頭。「那我們就先過去了。」藤岡邁開步伐，冴子也跟著他走向社務所。

目送他們離去後，玲斗面對壯貴。

「壯貴，真的太感謝你了。如果沒有你的大力相助，根本無法做到。我相信針生小姐和藤岡先生已經道謝過，但我也要表達謝意。謝謝你。」玲斗鞠了一躬。

「我不是之前就對你說，不需要這樣嗎？你再這樣，我會生氣喔。別再說了。」

壯貴的聲音聽起來真的在生氣，玲斗抬起頭，發現壯貴苦笑著。

「再說，現在高興還太早，雖然他們兩個人對梅子大福的成品很滿意，但還無法知道元哉是不是喜歡。他們剛才得意洋洋地走進社務所，但搞不好等一下就垂頭喪氣地走出來。」

玲斗聞言，忍不住撇著嘴角。

「如果真的這樣，不知道該怎麼辦才好。」

「哪有怎麼辦才好，只能重來一次啊。」

玲斗抱著頭，「我不希望看到這樣的結果。」

「但是，我認為不會有問題。」壯貴的語氣中透露出信心。

「是嗎？」

壯貴大力點頭，「他們甚至還跑去北海道。」

「北海道？為什麼去那裡？」

「關鍵在於內餡。」

「內餡？你是說大福的內餡嗎？」

「當然啊。之前遲遲無法做出理想中的甜味，藤岡先生說，搞不好不是使用砂糖，而是使用蜂蜜。於是就試了蜂蜜，結果發現味道一下子變得很接近，只是離記憶中的味道還差了那麼一點。畢竟蜂蜜有很多不同的種類，而且不同品牌的蜂蜜，味道並不一樣。結果你猜他們做了什麼？」

「不知道。他們做了什麼？」

「他們去調查那家『甘味處山田』。他們前往那家店的舊址，向附近的店家打聽，就是像刑警一樣展開查訪。最後終於知道，那家店的老闆是北海道人，製作和菓子時的很多材料都是從北海道進貨。於是他們就去向販售北海道產蜂蜜的公司打聽，是否曾經發貨給『甘味處山田』，沒想到那家公司找到當時的紀錄，發現『甘味處山田』曾經定期向他們訂購蕎麥蜂蜜。答案就是蕎麥蜂蜜。」

「原來如此！」玲斗甚至不知道有這種蜂蜜，但這種事並不重要。「真是太棒了，只要加上這種蜂蜜就解決了。」

「問題是事情並沒有這麼簡單。由於銷量太少，那家公司現在已經不賣那款蜂蜜了，幸好生產蕎麥蜂蜜的工廠還在。於是他們為了購買蕎麥蜂蜜，特地前往北海道，然後用終於買到的蜂蜜製作內餡，完美重現出『甘味處山田』的味道。」

「真是精誠所至。」玲斗搖著頭說，「沒想到費盡了千辛萬苦，才終於完成梅子大福。」

「我相信他們還經歷了很多辛苦的過程，和菓子是一門很深奧的學問，但是他們兩個人沒有半句怨言，齊心協力。曾經當過夫妻的人果然不一樣，真是太佩服了。」

「不是因為他們曾經當過夫妻，而是因為他們都是元哉的父母，他們都想要讓兒子再次嚐一嚐記憶中的味道，才會這樣齊心協力。」

「是啊，也許就像你說的那樣，如果是為了自己，不可能這麼努力。」

玲斗看向社務所，「不知道情況怎麼樣……」

「我們去偷瞄一下。」壯貴邁開步伐。

兩個人一起走向社務所。幸好窗簾拉開著，他們從遠處看向窗戶內的情況，先看到了冴子和藤岡的背影，元哉和佑紀奈在他們後方露出笑容。

玲斗和壯貴在他們發現之前，離開了社務所。

「似乎很成功。」壯貴說。

「嗯，這下就放心了。」

「對了，為什麼要找佑紀奈和他們一起吃大福？我原本以為只有他們一家三口吃大福。」

「有兩個理由。其中之一，就是佑紀奈是繪本的共同創作者，另一個就是當事人的希望。」

「當事人是誰？」

「當然就是元哉啊。」玲斗露出笑容說，「他的父母在受念後知道，目前元哉最想和誰在一起。他們還笑著說真可惜，原來元哉最想在一起的對象並不是他們。」

「原來如此，是這麼一回事啊。既然大功告成，我們要不要去喝一杯？」

「現在嗎？現在還是大白天啊。」

「有什麼關係，慶祝不必在意時間。對了，我有言在先——」

「我知道，今天我請客。無論是『村尾』還是『森伊藏』，你都可以盡情地喝。」

「好，我絕對不會客氣。」

他們經過鳥居，走下石階。

27

〔寫給明天的我〕

今天在月鄉神社發生了兩個奇蹟。第一個奇蹟，就是爸爸和媽媽一起出現在月鄉神社。因為我的生日快到了，他們一起來幫我慶祝。我都忘了多久沒有看到他們一起出現了。第二個奇蹟就是禮物。看到他們送我的禮物，我大吃一驚。

就是我夢寐以求的大福，就是裡面有青梅的大福。

我太驚訝了。我完全沒想到，真的可以做出來。

上個月的日記中提到，我進入樟樹祈念。那棵樟樹有神奇的力量，可以把腦海中的意念傳達給家人。

我似乎在那天晚上把大福的味道傳達給樟樹，媽媽接收到我的意念，重現了那顆大福。

當時直井哥哥希望我不要在日記上寫這件事。他說不知道是否能夠成功，如果內心充滿期待，萬一無法成功，就會很失望。

但是，我在那天晚上沒有聽從直井哥哥的建議，還是寫下祈念的事。

現在的我，完全瞭解自己當時的心情。

媽媽努力想要為我做出那顆大福，光是這件事，就已經讓我高興到不行了。我想要和明天的我分享這件事。

但是，我並沒有期待。我知道不可能輕易完成，早就放棄了。

沒想到，竟然真的做出來了，而且是爸爸和媽媽一起努力的成果，我差點哭出來。

吃了之後我更驚訝。一模一樣。就是我以前和爸爸、媽媽一起吃過的大福味道。

我終於忍不住哭出來。媽媽也哭了。我轉頭一看，發現佑紀奈也哭了。

太幸福了。我心想。我已經別無所求。

那一刻，我突然明白一件事。

我根本不需要未來。無論未來會發生任何事都不重要，不知道未來也沒關係。

重要的是此時此刻。

我把這個感想告訴佑紀奈。佑紀奈雖然很驚訝，但最後對我說，也許真的是這樣。

28

如果你可以回到過去，請說出針對昭和初期日本經濟政策的提議——

玲斗看完題目，歪著頭納悶。這是什麼蠢問題？為什麼是昭和初期？

他想起不久之前的線上課曾經提到受軍國主義的影響之類的內容。雖然當時有做筆記，但是完全不知道在說什麼，只能再看一下筆記嗎？但是，看了筆記之後，有辦法理解嗎？

週五的下午，玲斗正在社務所內面對電腦，但從剛才開始，就幾乎一直盯著白紙狀態的螢幕唉聲嘆氣。『經濟政策學』是必修科目，但專有名詞太費解，只能勉強看懂教科書，問題是報告的截止期迫在眉睫，要討論日本昭和初期的經濟政策？誰知道那種東西？他很想丟下不管。

明明只是看著電腦螢幕，但覺得腰痠背痛。他舉起雙手，正打算伸懶腰，放在旁邊的手機響起來電鈴聲。只要能夠擺脫眼前的痛苦時間，無論誰打電話來都很歡迎。他立刻拿起手機。
一看螢幕，發現是針生元哉來電。玲斗有點驚訝。這是元哉第一次打電話給他。
電話接通後，玲斗打招呼，「你好。我是直井。」
「呃……我、我是針生元哉。呃、請問你知道我嗎？」
「我和你很熟，你應該也認識我吧？」
「是，我上週六應該和你見過面。」
「就是你爸爸和媽媽一起過來神社的時候，他們還帶了梅子大福來。」
「對。」元哉小聲回答，「謝謝你大力協助，我爸爸、媽媽也說，多虧你的幫忙。」
「別客氣，不用特地道謝。你專程打電話給我，應該不會是為了這件事吧？」
「我覺得必須謝謝你。不過，我打電話給你還有其他事要說。其實我想拜託你一件事，請問我現在可以去找你嗎？」
「有事要拜託我？是繪本的事嗎？」
「可能和繪本……也有點關係。」
「可能嗎……」

似乎是無法在電話中說清楚的事。

「好啊。」玲斗回答，「我在社務所，你隨時過來都可以。」

「謝謝，那我等一下去找你。不好意思，在你百忙之中打擾。」元哉掛上電話。雖然他們之前見過很多次，但他完全沒有記憶，因此在通話時，他的語氣聽起來更為緊張。

三十分鐘後，元哉出現了。他一看到玲斗，貌似感到懷念。或許是因為玲斗的臉留在了他的記憶中。

「直井哥哥，我必須先跟你道歉。」元哉在社務所的桌子旁坐下後凝重地說。

「啊？是嗎？為了什麼事？」

「我沒有遵守和你之間的約定。」

「約定？什麼約定？」玲斗歪著頭，他完全想不起和元哉之間有什麼約定。

「關於樟樹的事。你不是叫我不要把那天晚上進入樟樹內，把大福的味道傳達給媽媽的事寫在日記上嗎？但我還是寫了。我當時覺得應該做不出味道相同的大福，但媽媽努力為我挑戰的這份心意，就讓我很感動，所以我無論如何都想把這件事告訴明天的自己，於是就寫在日記上。我覺得就這樣忘記，未免太對不起媽媽了。」

「原來是這樣啊。」

玲斗對著滿臉歉意，垂頭喪氣的男孩笑了笑。

「沒必要道歉，既然你已經寫在日記上，想必你很清楚，我只是擔心萬一無法成功做出梅子大福時的情況。但是，最後還是如願完成了，而且還得到你爸爸的協助，簡直就是可喜可賀。」

「沒錯，我知道爸爸也一起過來的時候，實在太驚訝了。爸爸並不是過來看我而已，還協助媽媽一起做大福，我到現在仍然無法相信這件事。我看了上週六的日記後很感動。想像和爸爸、媽媽一起吃梅子大福時的心情，就很羨慕那一天的自己。雖然我已經寫在日記上，但是現在的我，並沒有當時的記憶，讓我很遺憾。」

元哉的話充滿真實的情感，玲斗只能默默點頭，然後在內心嘀咕，那天佑紀奈也和你們在一起。

「於是我想到一件事，既然這樣，是不是能夠像上次一樣，借用樟樹的力量。」

「借用樟樹的力量？怎麼借用？」

玲斗問，元哉一臉得意，似乎想要分享自己的妙計。

「如果以後還有這麼棒的事，那就馬上就進入樟樹，寄念腦海中的一切，這樣的話，即使以後忘記，只要進入樟樹受念，又可以找回當時的回憶。」

「喔，原來是這樣。」

這的確是好主意，玲斗甚至納悶為什麼之前從來沒有想到。

「這個主意是不是很棒？」

「是啊，但是有一個問題。只有在新月和前後兩天這個適當的時機，才能向樟樹寄念，但是沒有人能夠保證，這段期間不會發生美妙的驚喜。」

「我知道，所以如果發生了想要留下回憶的美好事物，我就馬上聯絡你，問你什麼時候可以寄念，在那天晚上之前，我會努力撐住不睡覺。」

「啊？」玲斗瞪大眼睛，「那怎麼行？」

「可是我一旦睡覺，記憶就會消失……」

「我知道，但如果不睡覺，那會危害身體健康。也許兩三天還沒有問題，如果一個星期之後才是新月，那該怎麼辦？」

「如果遇到這種情況，我會努力撐住不睡，如果實在撐不下去了，就先來寄念。雖然離新月還有一段時間，但不能輕言放棄。也許樟樹能夠接收到一點點意念，對不對？」

「這可能是唯一的方法。」玲斗思考著，除此以外，還有其他方法嗎？

「所以，我以後可能會臨時要求祈念。我今天聯絡你，就是為了拜託你這件事。」

「好，有時候為了因應臨時的委託，會有幾天不接受預約，我會盡可能安排在這樣的日子。」

「不好意思，那就拜託你了。」元哉鞠躬拜託。平時多聊幾句之後，元哉的語氣就會變得輕鬆，但今天說話時，從頭到尾的語氣都很恭敬。

「繪本的創作怎麼樣？明天就是星期六了。」

「我想應該沒有太大問題。」元哉說完後點點頭。

玲斗看向男孩的臉，不禁有點驚訝。不久之前，似乎還一籌莫展，但從他今天的表情中可以感受到自信。

「終於突破瓶頸了嗎？」

「雖然還無法確定，但是上週我和佑紀奈討論過，我猜想她明天應該會想好新的故事。」

「這樣啊，那真是太好了，只差一步就能完成。」

「終於要完成了，我很期待畫最後的畫。雖然有點捨不得……」元哉露出靦腆的笑容。

玲斗看到他的表情之後，發現他用字遣詞發生微妙變化的理由。

原來男孩向大人邁進了一步。

天黑之後，玲斗回到了柳澤家。他打開客廳的門，對廚房的方向說聲「我回來了」，但是沒有聽到任何回答。平時這個時間，千舟差不多已準備好晚餐。

走去廚房查看，並沒有發現千舟的身影，感覺不像是在廁所，另一方面，完全沒有看到她準備了什麼菜色。

流理台上放著超市的塑膠袋。打開一看，裡面有蘿蔔和切片的鰤魚。旁邊剛好有超市的收據，上面是今天傍晚的時間。千舟買菜回家之後，就放在這裡嗎？

玲斗走去千舟的臥室，站在房間門口叫出聲：「千舟阿姨，我是玲斗。我回來了。千舟阿姨，妳在房間裡嗎？」

但是，房間內沒有回答的聲音。玲斗輕輕打開門。

房間內沒有開燈，室內很昏暗，但是可以看到鋪著被子，千舟應該在睡覺。

「千舟阿姨。」他又叫一次。

被子動了一下，千舟抬起頭。

「喔，是玲斗。」千舟沙啞的聲音很無力，「怎麼了？」

「妳不在廚房，我有點擔心……是不是身體不舒服？」

「廚房？現在幾點？」

「七點多。」

「是……晚上七點多吧？」

「對。」

「完蛋了。」千舟坐起身，「我要煮晚餐。」

「現在已經很晚，要不要叫外送？」

「外送不就是點外賣嗎？那太浪費，我很快就煮好了。」千舟離開被子，在襯衫外套上一件開襟衫。

玲斗走回自己房間時鬆了一口氣。看起來並不是什麼嚴重的狀況，八成是買菜回家後有點累，就回房間休息一下，結果不小心睡著。

玲斗在房間換好衣服後，走去客廳，但是沒有聽到廚房傳來煮飯的聲音。他感到很奇怪，走去廚房一看，發現千舟正目不轉睛地看著塑膠袋裡的東西。

「怎麼了？」

千舟緩緩轉頭看著玲斗。

「這不是你買回來的嗎？」

玲斗聞言一驚。

「對，不是我買的……」

「這樣啊……果然是我買的。」

「妳不記得了嗎？」

「嗯。」千舟無力地點頭，「我完全不記得了。」

「從食材來看，妳應該打算煮鰤魚燉蘿蔔。」

「看起來是這樣，那我要趕快來做。」

千舟把塑膠袋裡的東西拿出來，放在流理台的檯面上，但是她的手突然停下來，一臉茫然，視線飄忽不定。
「怎麼了？」
千舟搖著頭，身體跟著晃動起來。
「我不知道怎麼做。我忘了要怎麼做鰤魚燉蘿蔔。」千舟說完，雙腿一軟，蹲在地上。
玲斗慌忙衝過去問：「妳還好嗎？」
千舟摸著額頭，用力深呼吸好幾次。
「我剛才好像也這樣……」
「剛才？」
「我想要做菜，但什麼都不會做，心情變得很差，所以就回去房間……」
原來是這樣。玲斗恍然大悟。千舟陷入混亂，於是回房間躺下，結果就睡著了。
「先去那裡休息一下。」
玲斗把千舟扶起來，攙著她走去客廳。
千舟坐在椅子上，垂頭喪氣，深深嘆息。

「我真是沒用，本以為做菜不必動腦筋，原來一旦失智，就連菜都不會做了。」
「妳只是MCI，並沒有失智。」
千舟抬起頭，浮現寂寞的笑容。
「對不起，我已經是一個不中用的老太婆了，只會拖累你，必須趕快想辦法。」
「不要說這種話，妳現在還沒問題。」
「現在還沒問題，就代表遲早會有問題，也許就是明天，不是嗎？」
玲斗無言以對。千舟道歉道：
「對不起，我說這種話，只會讓你為難。玲斗，你是不是餓了？趕快去叫外賣。」
「千舟阿姨，妳想吃什麼？」
「我隨便吃什麼都行，你點你想吃的東西就好。」
玲斗從口袋裡拿出手機。他知道好幾家可以外送的餐廳，但是他眼角掃到千舟垂頭喪氣的樣子，腦海中浮現了其他念頭。
「妳是不是想吃鰤魚燉蘿蔔？既然這樣，要不要就來吃鰤魚燉蘿蔔？」
千舟緩緩抬起頭問：「可以點這道菜嗎？」

「不是點外賣，而是自己做，我們現在來做。」

千舟的臉痛苦地皺成一團，「我不是說了嗎？我沒辦法做！」

「妳只是忘了作法，不是嗎？只要查一下就知道了。只要上網馬上就能查到，我也會幫忙。」玲斗站起身，走到千舟的身後。「來，我們一起動手。」

「等一下。雖然你這麼說，不過我不知道該怎麼……」

「我也不知道，所以我們一起學習，反正先去廚房。」

走進廚房後，玲斗拿出手機查詢鰤魚燉蘿蔔的食譜。網路上有很多食譜，但他選了步驟最簡單的。

「我負責蘿蔔和鰤魚，湯汁就交給妳處理，好像只要把水、醬油、酒和砂糖混在一起就行了，至於分量，就按照上面寫的比例。」玲斗讓手機螢幕上顯示出材料頁面，放在流理台上。

「我並不是一定要吃鰤魚燉蘿蔔……」

「不，我們要吃鰤魚燉蘿蔔，我想吃，我們一起來做。」

千舟有些猶豫，看了手機螢幕後，打開流理台旁的櫃子。裡面放著各種調味料。

「太好了，我好像並沒有忘記放調味料的地方。」

「所以我不是說了嗎？妳還沒有問題。」

千舟看著手機螢幕開始作業，她的動作和平時完全不一樣，笨手笨腳，簡直就像初次挑戰科學實驗的小學生。

大約一個小時後，鰤魚燉蘿蔔完成，飯也煮好了。

他們坐在餐桌前吃晚餐，千舟吃了一口，雙眼發亮。「真好吃。雖然和我平時做的鰤魚燉蘿蔔有點不一樣，但搞不好今天的比較好吃。」

「我們能成功真是太好了。」

「我看你把切好的蘿蔔先放進微波爐，然後才放進鍋子燉煮。」

「網路上說，這樣軟得比較快。」

千舟用筷子夾下一小塊蘿蔔後，嘆息道：

「真的很軟……我以前完全不知道有這種訣竅。說起來很諷刺，因為我忘記了原本的煮法，結果反而能夠用更簡便的方式，吃到更美味的鰤魚燉蘿蔔。這麼一想，就覺得遺忘各種事物不見得是很糟糕的事。反正原本記得的事也未必有多重要。」

千舟帶著自虐的笑容說出的這番話顯然並非出自她的真心。玲斗既沒有同意，也沒有反駁。

「我想問一個關於樟樹的問題。」

「什麼問題？」

「可以接收自己寄念的內容嗎？」

千舟詫異地皺起眉頭。

「接收自己的意念……為什麼要這麼做？」

「因為想要保存回憶。當發生美好的事時，只要寄念給樟樹，即使以後忘記了，不是也可以藉由受念，隨時都找回新鮮的記憶嗎？」

千舟放下筷子，嚴肅地看著玲斗。

「這是你替我想出的方法嗎？你希望我在腦袋還比較正常的時候向樟樹寄念，在完全失智之後再受念，找回失去的記憶嗎？」

「不，並不是這樣，而是在考慮元哉的事之後想到的……」

「元哉？」

「針生元哉——睡著之後，記憶就會消失的男孩。」

「喔喔。」千舟似乎想起元哉的事，點了點頭。

「怎麼樣？有可能做到嗎？」

「如果你問有沒有辦法做到，那我可以告訴你，的確可以做到。」

「我就知道。」玲斗露出笑容。

「但是，只有一次。」

「一次？」

「寄存給樟樹的意念可以半永久性保存，但是，有兩種例外。第一個是同一個人再次寄念時，因為原本的意念會被更換成新的意念，就像現在的電腦更新。另一種情況就是寄念的人自己受念的情況，在這種情況下，意念就會從樟樹消失，之後別人也無法受念。」

「原來如此……」

「所以，若是想用這種方法重拾回憶，就只有一次，沒有第二次。雖然這並非禁忌，但如果堅持要執行，就必須記住這件事。這也是守護人的職責。」千舟彷彿在教誨徒弟般說完，拿起筷子，靈巧地夾起蘿蔔。

29

隔天，元哉來到社務所時，玲斗轉告他從千舟口中問到的情況。

「雖然我覺得你這個想法很妙，不過，就算你把美好的回憶寄念給樟樹，也無法一次又一次受念。」

元哉遺憾地皺起眉頭，但看起來並沒有很失望。

「事情果然沒這麼簡單。我讀了日記之後，覺得這個主意真是太棒了，心想如果可以成真，就太美好了。但是，可以受念一次，對吧？」

「受念一次似乎沒問題。」

「那就聊勝於無。可以把重要的回憶寄念給樟樹，隨時都可以把回憶找回來——光是知道這件事，就已經很高興了。直井哥哥，如果我之後遇到什麼美好的事，到時候再麻煩你。」

「好，當然沒問題。」

不一會兒，佑紀奈也來了。「午安。」她走進社務所時，難得有些緊張。
「故事結局想好了嗎？」元哉問。
「嗯。」佑紀奈點頭，「要聽看看嗎？」
「當然啊。」
玲斗認為自己還是迴避比較好，準備完飲料，就拿著清潔工具走出社務所。
他花了兩個小時左右的時間徹底打掃神社後，回到社務所。原本打算如果他們還在認真創作繪本，放下清潔工具後就離開，避免影響他們，沒想到元哉看到他，立刻說：「來得正好。」
「啊？怎麼了？」
「我們剛才還在說，要去找你。」佑紀奈說，「繪本的故事終於完成，元哉剛才畫了最後的草圖，下個星期應該就可以完成。」
「真的嗎？太厲害了。」
「我們希望在完成之前請你看一下，想聽一下客觀的意見。」
「我嗎？不，不行不行。」玲斗搖著手，「這樣壓力太大了，我說不出什麼意見，你們去拜託其他人吧。」
「你只要看一下就好。」元哉說，「我們希望你看看，拜託了。」
面對他們低頭拜託，玲斗不知如何是好。他想不到拒絕的藉口。
「如果只是看一下……」
元哉和佑紀奈相視而笑。「拜託你了。」佑紀奈將一疊紙放在玲斗面前，其中有稿紙，也有畫紙。稿紙上寫著文字，畫紙上畫著色彩繽紛的圖。
玲斗坐在椅子上，把那疊紙拿到面前，和一臉嚴肅的佑紀奈四目相對。
「你們不要這樣盯著我看，我根本沒辦法專心。」
「啊，對不起。」
「佑紀奈，我們去外面。」元哉說。
「好啊，直井先生，你看完之後叫我們。」
「好。」
玲斗目送他們兩個人離開後，再次低頭看向那些稿紙。不知道為什麼，竟然有點緊張。他拿起了第一頁。

故事從『熱辣辣的陽光下，一名男孩走在沙漠中』拉開序幕。畫紙上畫著一片白茫茫的沙漠上，有兩行腳印，腳印的前方是男孩的背影。

玲斗看了圖，又看著稿紙上的文字。

男孩由於貧窮，由於身邊的人死去，失去夢想，於是踏上旅程，想要尋找能夠讓自己看到未來的女神。穿越沙漠後，又是險峻的山路，前方是鬱鬱蒼蒼的叢林。

到目前為止的故事情節，玲斗之前就聽過了。佑紀奈的文章通俗易懂，而且讓人身臨其境，元哉的畫很震撼。

但是，在閱讀接下來的內容時，他無法繼續保持冷靜。十幾分鐘後，當他看完最後的結局時，忍不住衝出社務所。

「佑紀奈，元哉！」他大聲叫著。

原本在鳥居旁的兩個人小跑著回來。

「怎麼樣？」佑紀奈問。她漲紅臉，表情有點緊張。在她身旁的元哉也一樣。

「太精采了！」玲斗說，「我完全沒有想到是這樣的結局。既驚訝，又感動，真的太精采了，你們是天才。」

「故事是佑紀奈構思的。」
佑紀奈聽了元哉的話，立刻搖搖頭。
「是元哉讓我想到這個結局。上次吃大福時，你的話帶給我靈感。」
「是這樣啊？」
「我覺得我並沒有說什麼大不了的話……」元哉害羞起來。
玲斗雙手大大張開。
「這種事根本不重要，重要的是，你們完成了超棒的故事。雖然我對文學或是藝術這些深奧的事一竅不通，但是我可以很有自信地說，任何人看完繪本的故事都會很感動，也會很開心。」
「謝謝你，聽到你這麼說，我打從心裡鬆了一口氣，沒有任何遺憾了。」佑紀奈說話時的表情，彷彿下了什麼決心。
「這句話是什麼意思？」
「嗯，我的意思是……」佑紀奈舔舔嘴唇後說，「我自己對這部作品很滿意，已經沒辦法更好了。」

「妳是說，這是妳的得意之作。」

「是的。」佑紀奈回答後，轉頭看向元哉說：「既然這樣，那件事要不要也問一下直井先生？」

「好啊。」

「那件事是什麼事？」

「我之前就和元哉說，等繪本完成之後要慶祝，但我們並不是要大肆慶祝，只是邀請曾經照顧我們的人，舉行一場像是小型發表會的活動。」

「發表會嗎？要贈送完成的繪本嗎？」

「我們很希望可以這麼做，但要製作這麼多繪本，可能需要一點時間，所以我們打算先舉辦朗讀會，圖畫就用投影片的方式呈現。」

「嗯，這樣也許不錯。」

「問題是我們完全不知道該去哪裡找朗讀會的會場。直井先生，請問你知道嗎？」

「會場喔……」

之前好像有誰提過朗讀會的事。玲斗在記憶中回想著，很快想起是在哪裡聽說，同時閃過一個念頭。

「既然這樣，我有一個提議。」玲斗看著佑紀奈和元哉說。

原本低頭喝茶的千舟抬起頭時，挑動右側眉毛。「在公民館舉辦朗讀會？」

「是的。」玲斗很有精神地回答，「舉辦『幸福咖啡日』的那個小禮堂，大小差不多剛好，而且我想租用的費用不會太貴。妳認為呢？」

千舟垂下雙眼，放下茶杯。

「既然你這麼覺得，那應該就沒問題。既然可以用來開失智症咖啡店，想必租金應該算合理。只要提早預約，訂下那個場地不是太大的問題。」

「太好了，所以妳也贊成嗎？」

「我沒有理由反對，兩個年輕人齊心協力完成繪本，要舉辦發表會，這不是很棒的事嗎？我很驚訝他們竟然會請你協助。明天早上在佛壇上香時，要向美千惠報告這件事。」

千舟嚴肅地說。美千惠就是她的妹妹，是玲斗已經過世的母親。

「還有另一件重要的事。」玲斗挺直身體。

「什麼事？」

「元哉他們說，既然要辦朗讀會，很希望能夠請一位撐得起這個故事的人來朗讀，而不是由他們自己朗讀，然後問我有沒有推薦的人選。」

千舟眼中帶著警戒，「然後呢？」

「我回答說，有一位絕佳人選，還答應會拜託那個人看看。」

「你是在說誰？」

「當然是千舟阿姨妳啊。」玲斗把雙手放在腿上，低頭拜託。「拜託妳答應，沒有任何人比妳更適合朗讀那本繪本。」

千舟哼了一聲，把頭轉到一旁。

「真是異想天開。我之前就說過，我不擅長做這種事，反而很怕這種事，饒了我吧。」

「但是，之前米村婆婆在咖啡店時不是說了嗎？朗讀繪本有助於預防失智症，我覺得去參加朗讀會，對妳也有幫助。」

千舟以冷漠的眼神看著他。

「如果這樣就可以預防失智症，誰都不必受苦了。米村婆婆的行為是很出色的公益活動，我很肯定，但是如果說可以預防失智症，我認為只是自我安慰罷了。」
「不試試看怎麼知道呢？在嘗試之前就先決定結果，很不像是妳的作風。」
「不像我的作風？」千舟頓時面帶慍色，「你竟然用這種高高在上的態度和我說話。你有多瞭解我？不要這麼自以為是。」
「醫院的醫生不是希望妳增加和社會接觸的機會嗎？認為只是自我安慰也沒有關係，妳願不願意考慮一下？這是我的請求，我希望妳朗讀繪本。」
千舟搖搖頭。
「我拒絕，我不願意。」
「為什麼？只是朗讀書而已，不是嗎？妳絕對不可能不擅長。妳在大公司身居要職多年，對妳來說，在大庭廣眾之下說話根本輕而易舉，而且妳之前還去警局發表了精采的演說不是嗎？為什麼這麼抗拒？」
「身居要職……喔。呵呵，你現在會用這種有點難度的字眼了。對了，你才是演說高手，可以由你來朗讀啊。」
「由我朗讀根本沒有意義。」

「我朗讀也一樣。在旁人眼中，只覺得是一個害怕失智症的老人在做無謂的掙扎，誰想看這種慘不忍睹的醜態？創作繪本的那兩個年輕人才不會高興。」

「不會有人覺得那是無謂的掙扎，妳為什麼要這麼說？我明明是為了妳才這麼提議。」

「為了我？」千舟瞪大眼睛，「你什麼時候變得這麼了不起了？謝謝你的好意，我擔當不起，你不要管我的事。」

千舟起身離去，用力關門的聲音響徹整個房間。腳步聲在走廊上漸漸遠去。

玲斗茫然地注視著關上的門。

他當然不認為千舟會二話不說點頭答應，他猜想千舟會推辭說，這種場合輪不到老人湊熱鬧，但仍然樂觀地認為，只要自己發揮耐心，就有辦法說服她，完全沒有想到會惹怒她。

到底是哪裡惹惱了她？玲斗回想著自己剛才說的話。

最後他意識到，自己可能有點傲慢。早知道不要說什麼有助於預防失智症。畢竟，千舟自己一定比別人更認真思考失智症的問題，但其實這並不是玲斗希望千舟朗讀的主要原因。

他拍著自己的頭站起來。自己搞砸了。只能重來一次。

他走回房間，拎著紙袋走向千舟的臥室。紙袋裡裝著繪本的原稿和原畫的影本。

「千舟阿姨。」他站在房間門口叫了一聲，「我是玲斗，可以請妳開門嗎？」

「不行。」片刻之後，房間內傳來回答的聲音。「我已經休息了。」

「那我把繪本的影本放在這裡，可以請妳有空的時候看一下嗎？我不會再要求妳朗讀。對不起，我不該強人所難，但這個故事很精采，我希望妳可以看一下，就只是這樣，拜託妳了。」

玲斗把紙袋放在地上。

「等一下，」房間內傳來聲音，「你放在那裡會影響我出入，我去廁所的時候不是會絆到嗎？我不想看，你拿走吧。」

「但是——」

「你走吧。」

「好吧……」

這就是所謂的一籌莫展。玲斗無可奈何，只能拎著紙袋轉身離開。

他苦思之後突然想到一個主意。他走去佛堂。佛堂就在客廳旁，他悄悄打開紙拉門，走了進去。

正如千舟剛才所說，她幾乎每天早上都會在佛壇前祭拜。玲斗期待她上完香之後，會順手拿起來看一下，於是把紙袋放在佛壇前。

佛壇的門敞開著，玲斗看到放在裡面的照片。那是美千惠，玲斗把自己唯一留下的照片送給了千舟。

「希望可以助我一臂之力。」玲斗小聲嘀咕著，對著照片中的母親合起雙手。

隔天早晨，手機設定的鬧鐘還沒響，玲斗就醒了。離鬧鐘設定的時間還有將近一個小時，他想繼續睡，但忍不住尿意，只好鑽出被窩。

他上完廁所，正準備回房間，但隱約聽到聲音。聲音是從佛堂傳來的。他躡手躡腳地沿著走廊走去佛堂。

「男孩說，我有一個願望。請讓我看到我的未來，我想知道自己以後會變成什麼樣。於是，女神問他，未來有很多種類，你想看什麼時候的未來？是一年之後的未來，還是十年之後，或是更久之後，一百年之後的未來。」

是繪本。玲斗立刻發現。千舟正在朗讀。

「男孩思考著。自己要看什麼時候的未來呢？一年之後根本稱不上是未來，一百年後，自己早就死了。既然這樣，那就看十年後的未來？好，就這麼辦。於是他對女神說，請讓我看十年後的未來。」

朗讀得很出色啊。玲斗不由得佩服。千舟沙啞的聲音和神秘的故事相得益彰。雖然千舟說自己不擅長，果然是說謊。

「女神大大點頭說，好，那就讓你看看自己十年後的樣子。你……你要好好看清楚……」

佛堂突然安靜下來。

她在休息嗎？怎麼沒有讀完完整的一句話就休息？

千舟咳了一下。

「好，就這麼辦。於是他對女神說，請給我看十年後的未……未……未來。女……女神用力點點頭說，好，那就讓……讓你看看自己十年後的樣子。你要好好看清楚，牢……牢記……牢記在心。」

似乎不太對勁。玲斗把指尖伸向紙拉門，想要推開一條縫，但是紙拉門卡住了，發出嘎答的聲音。

他聽到有人走在榻榻米上的腳步聲漸漸靠近，然後用力打開紙拉門。玲斗縮起腦袋，抬頭看著直直站在他面前的千舟。

「偷聽可不是什麼高尚的行為。」

「對不起，我擔心叫妳會妨礙妳……」

「你從什麼時候開始聽的？」

「就是剛才。千舟阿姨，妳朗讀得很好啊，完全沒有任何問題。」

千舟撇著嘴角，嘆了一口氣。

「朗讀得很好？你有沒有認真在聽？朗讀這種程度的文章，舌頭會打結好幾次……」

「但是前半段超流暢。」

「前半段……」千舟緩緩往下坐，併起膝蓋坐在榻榻米上。她手上拿著繪本的稿子。

「一旦舌頭開始打結，就說不出話了，然後越急，就越說不出話。從前一陣子就開始這樣，朗讀更簡單的文章時，舌頭也會打結……」

「是因為這樣才不想去參加朗讀會嗎？」

「我不想給別人添麻煩。那是兩個年輕人精心創作的繪本，如果我朗讀得結結巴巴，毀了他們的發表會，不是很對不起他們嗎？」

「但是，妳至少願意練習。」

千舟低頭看著手上的稿子。

「你把稿子放在佛壇前，雖然一想到中了你這種很有心機的計謀就有點火大，但也很好奇是什麼樣的故事，我就看了一下。」

「結果怎麼樣？」

千舟轉頭看向玲斗的方向，瞇起眼睛，嘴角露出笑容。

「很棒的故事，比起感動，更出乎我的意料，我完全明白你為什麼希望我看這個故事，根本想不到最後是那樣的結局。」

「我認為只有他們兩個人，才會想出這樣的結局。」

「我想也是，不難想像，只有經歷過從他們的年齡難以推測的經歷和辛苦，才能夠到達那個境界。他們兩個人都很了不起。」

「既然這樣，可以請妳一起祝福他們嗎？我覺得妳練習之後就會改善，更何況即使讀錯幾個字，或是稍微卡住也沒有關係吧？」

千舟歪著頭問：「我這種人有資格嗎？」

「如果妳沒有資格，全天下就沒有人有資格。」

玲斗跪坐在千舟面前鞠躬說：「拜託了。」

30

放在公民館入口的牌子很氣派，用毛筆大大地寫著『繪本「男孩和樟樹」完成發表朗讀會』幾個字，這幾個字出自有書法老師證照的千舟之手。

玲斗負責掌鏡，為佑紀奈和元哉在這塊牌子前拍了紀念照。元哉顯得很緊張，笑容僵硬。

佑紀奈的媽媽和弟妹也來了。她媽媽的氣色很好，看起來不像是病人。他們全家也拍了紀念照。

元哉的父母針生冴子和藤岡聯袂出現。藤岡一身西裝，繫著領帶，兩個人都再次向玲斗道謝。

「這幾個月是元哉人生中最精采的日子。」冴子已經熱淚盈眶，「完全沒有想到可以迎接這一天，簡直就像在做夢。」

「太好了，我也這麼想，而且這一切都是你們兩位的功勞。」

冴子和藤岡似乎聽不懂玲斗這句話的意思，納悶地互看著對方。

「就是梅子大福，」玲斗說，「梅子大福為元哉和佑紀奈的創作帶來了靈感。」

「那顆大福？」冴子瞪大眼睛，「怎樣帶給他們靈感？」

「等朗讀會結束之後，再和你們分享。」

冴子聞言，露出理解的表情，轉頭看著藤岡。「真期待。」

「嗯。」藤岡心滿意足地點點頭。

大場壯貴也來了。他還帶了一名三十五、六歲的女人一起出現。壯貴說，她是在出版社負責童書的編輯。

「以前她在採訪時，我曾經提供協助，我和她聊起今天的事，她說很想來參加，就帶她一起過來了。如果她滿意這部作品，會考慮出版，如果無法由出版社出版，也願意協助自費出版。」

「太棒了。」

壯貴把編輯介紹給佑紀奈和元哉。可能是夢想漸漸有了真實感，他們兩個人一聽到是出版社的人，立刻緊張起來。

玲斗認識的老人家都紛紛走進會場。那些都是千舟在失智症咖啡店認識的朋友，米村婆婆也在其中。

玲斗還看到另一位出乎意料的來賓，那就是中里。他身穿西裝，繫著領帶，看到玲斗後，對他「嗨」了一聲。

「是誰告訴你今天朗讀會的事？」玲斗問。

中里摸摸人中，苦笑著說：「我聽下屬說的。」

「哪個下屬？」

「下屬就是下屬，是警察。」

「喔。」玲斗恍然大悟。他們當然不可能不關注佑紀奈的行動。

「所以說，今天來聽朗讀，是基於工作需要嗎？」

「你猜錯了，我只是因為個人興趣才過來。如果會造成你們不愉快，那我可以離開。」

「怎麼可能？請你好好享受。」

中里露出淡淡的笑容，走進了會場。

距離朗讀會開始還有十分鐘左右。玲斗走去休息室，發現千舟正拿著稿子，進行最後的練習。

「情況怎麼樣？」

千舟一臉愁容，搖搖頭。

「完全不行，從來沒有一次就順利地從頭唸到最後。我很絕望，覺得在這種狀態下，根本沒辦法在大家面前發表。」

玲斗提起笑容，合起雙手。

「沒問題，不用擔心。妳太完美主義了，沒有人要求妳有完美表現，最重要的是妳能不能樂在其中。妳的表情不要這麼可怕，在朗讀的時候表情要更溫柔一點。」

千舟用右手摸著自己的臉頰問：「很可怕嗎？」

「超可怕，就像黑魔女。」

「黑魔女……那是誰啊？」

「迪士尼電影中的巫婆，很強大，也很可怕。請別忘記，樟樹不是巫婆，而是女神。」

「女神……嗎？我知道了，我會注意。」

那就拜託了。玲斗說話時門被打開，佑紀奈探頭進來。「時間差不多了。」

佑紀奈和元哉一起站在眾多聽眾的前方。佑紀奈拿起麥克風放在嘴邊致詞。她在說明元哉病情的同時，介紹了和元哉一起創作繪本的經過。她的語氣很平淡，完全不帶悲劇行銷的心機。

「……讓各位久等了，很希望各位喜歡我們創作的『男孩和樟樹』。接下來由柳澤千舟女士為我們朗讀。柳澤女士，麻煩您了。」

佑紀奈的介紹之後，在旁邊待命的千舟站起身。她走到中央，鞠了一躬，翻開筆記本。旁邊的螢幕上出現繪畫。畫面中的巨大樟樹上，出現了『男孩和樟樹』的書名。

千舟翻開筆記本。她很平靜，完全感受不到絲毫逞強。玲斗確信，千舟一定能夠順利完成朗讀。

「熱辣辣的陽光下，一名男孩走在沙漠中。」鴉雀無聲的會場內響起千舟略帶沙啞的聲音。「男孩在尋找具有神奇力量的女神。這種神奇的力量，能夠讓人看到自己的未來。男孩為什麼想要看到未來？因為至今為止的每一天都太煎熬，太痛苦了。戰爭發生、疫病肆虐，他所愛的人紛紛離他而去。接著又遭遇天災，他失去了所有珍惜的東西。生活中有太多苦難，男孩惶惶不可終日，不禁懷疑自己的人生到底會變成什麼樣。這時，他聽說女神可以讓自己看到未來，於是他踏上尋找女神的旅程。」

千舟的朗讀如行雲流水般順暢，完全感受不到她的不安。聽眾很快就進入了故事的世界。這當然不僅是因為千舟的朗讀，更因為佑紀奈的故事和元哉的畫引人入勝。男孩穿越沙漠，攀登險峻的高山，走入危險的叢林，就連知道結局的玲斗，仍不禁為故事的發展捏一把冷汗，不知道男孩的命運將何去何從。

終於，男孩來到佇立在森林深處的樟樹前。那棵樟樹正是可以讓人看到未來的女神的化身。

「男孩說，我有一個願望。請讓我看到未來，我想知道自己以後會變成什麼樣。於是，女神問他，未來有很多很多，你想看什麼時候的未來？是一年之後的未來，還是十年之後，或是更久之後，一百年之後的未來。男孩思考著。要請女神給自己看什麼時候的未來呢？一年之後根本稱不上是未來，一百年後，自己早就死了。既然這樣，那就看十年後的未來？好，就這麼辦。於是他對女神說，請給我看十年後的未來。女神大大點頭說，好，那就讓你看看自己十年後的樣子，你要好好看清楚，牢記在心。」

之前千舟卡了好幾次的地方都順利朗讀完成。終於要進入高潮。

女神唸了神奇的咒語後，男孩的眼前出現一條路。一個男人走在這條看起來像是以前走過的長路上，仔細一看，發現是長大後的男孩。原來那是十年後的景象。

「男孩問十年後的自己，你在幹什麼？十年後的自己回答說，我正在尋找能夠讓我看到未來的女神。因為我一路走來的人生，完全沒有任何好事發生，我仍然完全不知道該怎樣過日子，所以我希望女神讓我看到未來。男孩大驚失色。怎麼會這樣？那不是和現在的自己完全一樣嗎？一點都沒有改變。女神。請讓我看到更久之後的未來。我想看二十年後的未來。於是，眼前的景象發生了變化。一個男人正在攀登險峻的高山。那是二十年後的男孩。男孩又問二十年後的自己，你在幹什麼？二十年後的男孩回答說，我勤勤懇懇過日子，但一直在受苦受難，我不知道怎麼做才能得到幸福，所以我在尋找女神，想要知道更久之後的未來。男孩驚慌失措，原來二十年後，他仍然沒有找到正確的道路。男孩向女神祈禱，求求女神，請讓我看到更加、更加以後的未來，我想知道答案。」

男孩祈禱結束後，他的眼前接連出現各種景象，那是男孩在三十年後、四十年後、五十年後，一直持續的未來的身影，但是所有的狀況都一樣。他迷了路，徬徨地尋求女神的協助。男孩嘆著氣，問女神究竟是怎麼回事。

「女神對他說，你現在應該知道了，無論經過多少年，即使已經踏入未來，人永遠都在徬徨，永遠都在尋找生命的道路，永遠無法消除對未來的不安。不是只有你而已，每個人都一樣，但是沒有關係，因為人類有比瞭解未來更重要的事。男孩問女神，什麼事比未來更重要？女神回答說——」

千舟朗讀到這裡突然停下。玲斗緊張地注視著她的臉。剛才一直很順利，難道突然說不出話了嗎？

接著，玲斗大吃一驚——他發現千舟紅著雙眼，淚水在眼眶中打轉。她不是說不出話，而是感動得無法言語。

「加油。」有人叫了一聲。

千舟深呼吸後，重新拿起筆記本。

「於是……於是，女神就回答說。比瞭解未來更重要的事，就是現在如何活著。你活在這一刻，或許無法豐衣足食，但是你活著。或許你受疾病折磨，但是你活著。你有食物可以吃，有睡覺的地方，可以做夢。你認為這是拜誰所賜呢？是靠自己一個人的努力嗎？

不可能只靠自己一個人。你要思考一下，是誰的付出，讓你可以有今天的生活？如果沒有種田的人耕種炊煮米飯的五穀，沒有人捕魚打獵，食物就無法出現在你的餐桌上。如果沒有人紡織羊毛，把棉花塞進布袋後縫合，你睡覺就會受凍。只要活在世上，你就必須感謝所有這一切。你不需要回顧昨天之前的事。後悔當時應該這麼做，應該那樣選擇，這都毫無意義，這些事都已經過去了。同樣的，也不需要為明天之後的事擔憂，思考以後會變成什麼樣，以後該怎麼做同樣沒有意義。明天的事還沒有發生，重要的是此時此刻。只要你在當下能夠擁有健全的心，你就是幸福的。你要為自己能夠活在當下心存感恩，心存感謝，於是，你就不會在意昨天之前的事，也不會為明天之後的事感到不安了。」

千舟朗讀到這裡，抬起頭，目不轉睛地看著玲斗，開始朗誦接下來的內容。淚水順著她的臉頰滑落下來。

「男孩聽了女神的話，終於發現之前的自己有多麼愚蠢。在今天之前，從來不曾為能夠活在當下的喜悅心存感謝，他下定決心，從今以後的每一天，都要牢記此刻的心情，然後打算向告訴他這些金玉良言的女神道謝，但是女神不知道什麼時候消失無蹤，眼前只有一棵巨大的樟樹。」

千舟朗讀結束後，用手背擦擦眼睛下方，對著聽眾鞠躬。「謝謝大家。」

在短暫的寂靜之後，響起了如雷的掌聲。

31

〔寫給明天的我〕

今天晚上有太多事要寫了，因為今天就是這麼美好的日子。不，說是今天並不正確，現在已經過了半夜十二點，所以是昨天的事。昨天傍晚，在公民館舉辦了『男孩和樟樹』的朗讀會。

大家都來了。媽媽當然有來，連爸爸也來了。佑紀奈的媽媽，和她的弟弟、妹妹都一起來參加。我第一次見到他們，兩個人都很可愛。

還有一些我不認識的人，想到大家都很期待這場朗讀會，我就喜出望外。

柳澤千舟女士朗讀了繪本，她是直井玲斗哥哥的阿姨。直井哥哥說，我和她之前在醫院見過面。

柳澤女士有輕度認知功能障礙，她起初並不想朗讀，但是看了『男孩和樟樹』的故事之後，終於下定決心。

她一定感受到我們投入繪本中的感情。
爸爸和媽媽帶大福來看我的那天的日記上寫著，我發現了一件很寶貴的事。
那就是為未來煩惱是一件很愚蠢的事。
未來根本不重要，重要的是現在，只要和自己喜歡的人在一起，能夠真切地感受到自己活著，就已經很幸福了。
我把自己的發現告訴佑紀奈，她充分理解我想表達的意思，然後寫下了這樣的結局。
我相信朗讀的柳澤女士同樣體會到了這一點，最後才會流下眼淚。
我也哭了一下。當然是喜極而泣，那是感謝和感動的眼淚。
結束之後，很多人都來表達祝賀，大家都說很棒，說圖也畫得很美，讓他們深受感動。
媽媽的手帕都濕透了，爸爸的眼睛通紅。
我真的覺得這一天太美好了。吃大福的那一天，我也很幸福，但我相信比那天更幸福。
當我明天（正確地說是今天）早上醒來時，應該會徹底忘記今天（正確地說是昨天）發生的事，但我相信這種幸福的感覺會保留下來。當我納悶心情為什麼這麼好，然後看這本日記，就會知道，原來發生了這麼美好的事。

我想要告訴明天（未來）的我。

有方法可以找回我今天的所有記憶。

朗讀會結束後，直井哥哥走過來問我：「今天晚上要執行原定的計畫嗎？」我完全搞不清楚是怎麼回事。他告訴我以下的情況——

在決定要舉辦朗讀會時，我拜託直井哥哥。我說，那天必定會是絕頂美好的一天，我想把這份記憶寄念給樟樹。直井哥哥聽完之後說，那就把朗讀日定在下一次新月的日子。雖然我在之前的日記上寫下這件事，但今天太忙了，我沒有看到這一段。

「要執行嗎？」直井哥哥又問了一次。我回答說：「當然要麻煩你。」

晚上十一點，我徵求媽媽的同意後，去了月鄉神社。直井哥哥做好祈念的準備，在社務所前等我。

直井哥哥告訴我寄念的步驟。他說只要走進樟樹內，回想今天發生的事就可以了。之前順利地把大福的味道傳達給爸爸和媽媽，我相信這次一定也可以成功。

因為日後不是別人，而是我自己要接收今天寄念給樟樹的意念，怎麼可能不成功呢？

但是，直井哥哥叮嚀我，我只能受念一次。在受念之後，無論是我還是其他人，都無法再次受念。

就算是這樣，我仍然決定要寄念。我覺得以後再也不會有像今天這樣充滿幸福光芒的日子了。

我完全不知道什麼時候的我會接收今晚寄託給樟樹的意念。可能是一年後的我，也可能下個月的滿月之夜，我就會受念。

總之，那時候的我不會有任何遺憾。但是，我決定不要去想這件事。因為未來的事，只能交給未來的我。

32

朗讀會隔天，玲斗正在打掃樟樹周圍，聽到有人跟他說話。

「原來你在這裡，我找了你半天。」

抬頭一看，發現中里站在那裡。

「找我有什麼急事嗎？」

「不算是急事，只是覺得早一點來比較好。」中里打量著樟樹，「再仔細看看，這棵樹真的太壯觀了，很佩服他們想到是女神的化身。」

「如果你想表達對朗讀會的感想，我可以去社務所好好聽你聊，還會請你喝烏龍茶。」

「這件事等一下再說，我要先通知你一件重要的事。」

「什麼重要的事？」

「今天早上，早川佑紀奈的媽媽帶她來自首。」

玲斗的心臟狂跳，「佑紀奈她……」

「她坦承春川町的案件是她幹的。她用菸灰缸毆打森部俊彥先生的頭部，然後從抽屜裡拿了一百萬後逃走。」

原來如此。玲斗終於明白是怎麼回事。佑紀奈在故事完成的那一天說她沒有任何遺憾了，她一定在那時就下定決心，等朗讀會結束之後要去自首。

「她的供詞和千舟阿姨說的情況一樣嗎？」

「嗯。」中里沉吟著，「雖然目前還不能對外透露，但告訴你應該沒有問題，只不過你必須保密。你可以答應我嗎？」

「那當然。」

「先說結論，和從柳澤千舟女士口中聽到的情況沒有太大的差別。她打工援交，森部得寸進尺，逼迫她發生肉體關係，她為了抵抗，毆打森部，但是，之後的情況就和柳澤女士說的不太一樣了。」

「哪裡不一樣？」

「她看到森部倒在地上，並沒有以為他死了。森部還在呼吸，所以她知道只是昏迷而已。她搶走一百萬，只是因為想要錢。她以為森部應該不會報警，否則會貽笑大方。她是在交友網站認識森部，森部並不知道她住在哪裡，因此她樂觀地以為，只要不再和他見面，應該就沒問題。雖然和柳澤女士說的內容略有差異的部分令人在意，但我們還是相信本人說的話，而且能夠理解柳澤女士基於善意，稍微粉飾事實的心情。」

玲斗聽了中里的話，不禁感到訝異。佑紀奈是因為貪婪，才拿走了一百萬嗎？但是她當時不惜打工援交，可見真的為金錢問題煩惱，也不是不能理解她在情急之下的行為。

「你們逮捕佑紀奈了嗎？」

「不，今天先讓她回家了。我們並不擔心她會逃亡，明天之後，可能會多次偵訊，但我們不會疲勞轟炸。只不過不可能無罪釋放，遲早會逮捕和移送檢方，問題在於罪狀。」

「會是強盜致傷嗎？」

「我相信你很清楚，不可能以強盜致傷起訴她，我們會和各方溝通後統整意見，局長為這件事很頭痛。」中里低頭看看手錶，「已經這麼晚了，我必須回警局了。我剛才提過，有很多細節需要彙整。啊，對了，我忘了重要的事。」他把手伸進上衣內側口袋，拿出一個白色信封。「這是早川佑紀奈要我轉交給你的信，不好意思，我已經看過內容，雖然有點奇怪，但應該沒有問題。」

玲斗接過信封。可愛的信封上有兔子的插圖，可以發現信封曾經被人小心拆開的痕跡。

「你不用擔心，八成不會起訴。」中里說，「不能埋沒這麼有才華的人，我們大人必須保護她。」

「你覺得昨天的朗讀會怎麼樣？」

「問這個問題未免太俗氣。我媽曾經對我說，男兒有淚不輕彈，不然我昨天早就痛哭流涕了。」中里凝望著遠方。他可能想起昨天的朗讀會，「我終於想去看我媽了，我打算下次休假時去看她。」他將視線移回到玲斗身上，「然後我想對我媽說，媽，妳只要活著，就已經是很幸福的事了。雖然我不知道她能不能理解這句話的意思。」

「真是太好了。」

中里吸吸鼻子，似乎在掩飾害羞。「我告辭了。」說完，他邁開步伐。玲斗目送他的背影離去後，從信封中拿出信紙。

信紙上用圓滾滾的字跡，寫著以下的內容。

直井玲斗先生：

突然看到這封信，我相信你一定很驚訝。

久米田先生的感想，其實是你寫的，對嗎？我隱約察覺到了。

看了感想之後，我知道你已經洞悉一切，也知道我做的事，才會買下詩集。

我不清楚你怎麼會知道，但是從元哉口中得知樟樹的神奇力量後，我想你既然是樟樹的守護人，或許有這種能力。

話說回來，要隱瞞自己曾經做的事很痛苦，覺得在你面前抬不起頭，於是我下定決心，等完成繪本之後，我會說出所有真相。

創作繪本很快樂，簡直就像在做夢。如果不是因為你，進而結識元哉，就不可能有那麼快樂的時光。這麼一想，內心不禁萬分激動。雖然我不知道以後是否還有機會能做到同樣的事，但我想要相信會有這麼一天。

真心感謝你，由衷地向你說謝謝。

祝你永遠健康。

早川佑紀奈

33

在朗讀會的兩個月後，玲斗收到元哉住院的消息。玲斗在那個美好的日子之後，就沒有再見到元哉，正有點擔心，不知道他最近好不好，就接到了針生冴子的電話。她在電話中說，元哉從幾週前開始，手腳突然無法自由活動，之後視覺和聽覺都發生異常變化。醫生無計可施，只能繼續觀察。

「但是他精神很好。」冴子在電話中說，「他每天都重溫日記、看繪本，他說這樣很幸福。」

這番話讓玲斗感到一陣心酸，不知道該說什麼。每天早晨，元哉的記憶就會歸零，對他來說，昨天之前的日記是他人生的一切，那本繪本是最大的鼓勵。

冴子說，元哉想和玲斗見面，問他能不能去醫院一趟？玲斗回答說，當然要去，而且馬上就去。

走進病房時，玲斗嚇了一跳。躺在病床上的元哉瘦得不成人形，但玲斗沒有把驚訝表現出來，他對元哉說道：「嗨，你看起來精神很不錯。」

「果然和日記上寫的一樣。」元哉的臉頰削瘦，雙眼凹陷，仍然笑著對玲斗說：「很會捧人，很親切。不喜歡《星際大戰》七部曲之後的內容，喜歡的角色是韓・索羅。」

「你喜歡亞蘇卡・譚諾。」玲斗在說話時，打量著病房內，目光被小桌子吸引。桌上的盤子裡有一樣熟悉的東西。是梅子大福。

「這是藤岡上午拿來的。」冴子注意到玲斗的視線後說道，「如果你不嫌棄，要不要嚐看看？」

「可以嗎？」

「當然可以，還有一些。」

冴子說，藤岡在餐廳的廚房準備了工具和材料，隨時可以做梅子大福。

「聽說有時候還會做給熟客吃，而且意外受到好評。」

「在法國餐廳吃大福嗎？太有意思了。那我就不客氣了。」

玲斗說完，伸手拿起大福。

他咬了一口，內餡的甜味和梅子的香氣在嘴裡擴散。外皮雖然柔軟，但有適度的彈性。原來這就是元哉回憶中的味道。玲斗不禁有點感動。

「好吃嗎？」冴子問。

「很好吃。很清淡，但香氣一直留在嘴裡，吃再多也不會膩。」

「太好了。」冴子眉開眼笑。

「因為有直井哥哥的幫忙，才能做出這個大福吧？」元哉說。

「我什麼都沒做，是你爸爸和媽媽合作，才讓大福順利復活。」

「但是，如果無法把我記憶中的味道傳達給爸爸和媽媽，就無法完成，所以還是要歸功於你。」元哉拿起放在旁邊的筆記本說：「我看過日記，知道了樟樹的事。雖然很不可思議，但我覺得很神奇。既然都是我寫的，那應該都是真實的事，但仍然有一半不敢相信。」

「我能夠理解，但全都千真萬確。」

元哉點點頭，注視著筆記本。

「我把寶物寄託給了樟樹，那是我至今為止最幸福的記憶。對不對？」

「嗯。」玲斗簡短地回答。

元哉抬起頭說：「直井哥哥，我想拜託你一件事。」

「什麼事？」

「你之前說，只能在滿月的夜晚受念，下次滿月是什麼時候？」

「下星期二……」

元哉點點頭。

「我就知道。那我可以在那一天受念嗎？」

玲斗不禁屏住呼吸。瞥了冴子一眼後，又將視線移回元哉身上。

「可以是可以，為什麼要那一天？」

「因為，」元哉的嘴角浮現笑容，「我剩下的時間不多了。」

「時間……」

「如果錯過那一天，不是要四週之後，才是下一次滿月嗎？到時候可能就來不及了。」

不會的。玲斗原本想這麼說，但還是吞回這句話。他知道，毫無根據的安慰只會惹男孩生氣。

「但這是你今天的想法吧？」玲斗字斟句酌，「也許到了明天，你的想法就會改變。」

「嗯，有可能，但應該沒問題。」元哉輕輕拍拍筆記本，「我最近每天都會寫這件事，打算在下一個滿月之夜受念。昨天寫了，今天晚上也會寫，還會寫說已經和你約好了。可以嗎？」

「可以啊。」玲斗擠出笑容說。他發現自己的臉頰很僵硬。

「唯一的遺憾，」元哉皺著眉頭，「不是今天的我受念，而是那一天的我。我發自內心羨慕那一天的我。」

「沒關係啦，今天的你有今天的幸福，你不覺得這樣就足夠了嗎？」

「是啊。」元哉把筆記本放在旁邊，注視著玲斗說：「謝謝你帶給我勇氣，直井哥哥，你是我的雷克斯船長。」

「啊？」

「啊，對不起，雷克斯船長是——」

「不，我知道他是誰，是亞蘇卡・譚諾信任的搭檔。」

元哉瞪大眼睛，「你知道？」

「之前我熬夜看了動畫系列。」

「太棒了，那今天我有很多事想和你聊，就當作是《星際大戰》的嘉年華會。」元哉喜出望外。

去醫院探望元哉隔週的週二，滿月的夜晚——

晚上十一點多，玲斗在石階下等待。守護人基本上都在社務所前等候祈念者出現，但今晚的情況特殊。

由於沒有路燈，周圍一片漆黑，玲斗的左手上拿著LED提燈。

不一會兒，一輛休旅車從車道駛入空地，玲斗站在原地，舉起提燈。

休旅車停下，駕駛座旁的車門打開，身穿羽絨衣的藤岡下了車。

後方的側滑門打開，針生冴子也下車了。她的身後有另一個人影。那是元哉。他坐在座椅上，但沒有動靜。

玲斗走向車子，「晚安。」

冴子面對玲斗鞠躬，「晚安，今天晚上就拜託你了。」月光下，她看起來有點緊張。

藤岡走過來，「幸好今天的天氣很不錯。」

「是啊，」玲斗點頭，「沒有下雨真是太好了。」

「那就趕快把他抱下來？」藤岡看著車內說。

「元哉的意識……」玲斗有些遲疑。如果元哉已經沒有意識，他不知道接下來要挑戰的事是否有意義。

「應該有，我們剛才聊過幾句。」冴子把身體探進敞開著的側滑門，搖搖坐在後方座位的元哉肩膀。「元哉，你沒睡著吧？已經到月鄉神社了，直井哥哥也在。」

元哉的瘦臉緩緩轉過來。他似乎比上次看到時更瘦，但是他的眼神很平靜，完全沒有悲壯感。

「直井哥哥。」玲斗聽到他低喃的話音。

「晚安，你還記得我的臉吧？」

「直井哥哥。」元哉氣若游絲地重複一次。

「他有辦法動嗎？」藤岡問冴子。

「不知道，元哉，你有辦法動嗎？不必勉強自己。」

冴子伸手扶起元哉。可以感受到元哉自己努力想要起身。藤岡背對著他們，然後蹲了下來。他打算揹起兒子。

玲斗也協助冴子，終於讓藤岡揹起元哉。男孩的身體瘦小得驚人，穿著寬大的刷毛連帽衣的樣子，讓人聯想到他喜歡的《星際大戰》中出現的角色尤達。

冴子從休旅車的後車廂拿出折疊起來的輪椅。

「這個交給我，可以請妳拿著燈在前面帶路嗎？」玲斗把提燈遞到冴子面前。

「不好意思，謝謝你幫忙。」冴子接過提燈。

「那我們就出發吧。」玲斗對藤岡說，看向藤岡背後的元哉。男孩雖然微閉著眼睛，但並沒有睡著。

冴子邁開步伐，揹著元哉的藤岡跟在她身後。玲斗抱著輪椅走在後面。

藤岡走上石階時，步伐很穩健，所有人的影子都很有節奏地搖晃著前進。今天晚上沒有風，聽不到樹木枝葉搖曳的聲音，只有彼此的呼吸聲。

走上石階之前，沒有人開口說話。玲斗也沉默不語。他不知道該說什麼，冴子和藤岡想必也有同感。

來到神社的院落後，打開輪椅，讓元哉坐在上面。玲斗拿起原本放在鳥居旁的紙袋，裡面裝著蠟燭和火柴。

玲斗從冴子手上接過提燈，說了聲「走吧」，然後邁開步伐。冴子和藤岡推著輪椅，跟在他身後。

來到樟樹祈念口之後，大家仍然一起繼續往前走。玲斗在白天時清除了雜草，方便輪椅通行，遇到有高低落差的地方，就把整架輪椅抬起來。

最後，終於來到樟樹前。藤岡抱起元哉，玲斗則將輪椅推進樟樹的樹洞內，然後再由藤岡抱著元哉，讓他坐在輪椅上。

玲斗已經事先準備好燭台，接下來只要進行規定的儀式。

「請你們先去社務所，我點好蠟燭後，也會回去。」玲斗對冴子和藤岡說。

「我們不能在這裡看著他嗎？」藤岡問。

「不行。」玲斗搖搖頭，「這樣會破壞意念。在祈念時，禁止有血緣關係的人進入樟樹內，或是靠近樟樹。請兩位諒解。」

「走吧。」冴子拉著藤岡的袖子。藤岡仍然有點依依不捨，但最後「嗯」了一聲，點點頭，向玲斗點頭致意後，和冴子一起離開。

玲斗把從紙袋中拿出的蠟燭放在燭台上，用火柴點火，然後半蹲在輪椅前喚道：「元哉。」

玲斗發現男孩看向自己，而且雙眼聚焦。

「你應該知道接下來該做什麼，對嗎？」

元哉的睫毛抖動著，然後動動嘴唇。

「直井哥哥，」他氣若游絲，「你要……讓我看……很美的夢。」

「那不是夢，而是真實發生過的事，是你曾經經歷過的現實，而且不是我讓你看到，而是你自己，全都是你自己的回憶。」

「我的回憶……」

「對，你可以充分沉浸在這些回憶中。」

玲斗拍拍元哉的肩膀，然後便轉身離開。走出樟樹時玲斗轉過頭，在嘴裡唸唸有詞。衷心期望樟樹可以接收到你的心願——

來到社務所，玲斗看到冴子和藤岡並沒有進去，而是站在門口。

「這裡很冷，我們去裡面等。」

玲斗請他們進入室內，用電熱水壺燒開水，又拿出茶壺泡了日本茶。冴子雙手捧著茶杯，低喃著：「好溫暖。」

「我準備的是一個小時用的蠟燭，可能要等一會兒。」玲斗對他們說。

藤岡喝了一口茶之後，抬頭看著玲斗問。

「在祈念結束之前，你都在這裡等嗎？」

「是的，結束之後要收拾善後，而且需要留心火燭。」

「真辛苦啊。」

「也還好。」

「呃，直井先生，」藤岡以正經嚴肅的語氣說道：「今晚真的很感謝你，我想這會是元哉人生中最美好的夜晚，我發自內心感謝你。」

「別這麼說……不必這麼客氣，我很高興能夠幫上忙。」

「你真的幫了大忙。所以說，接下來可不可以交給我們？你意下如何？」

「啊？」玲斗看著對方，「你說交給你們，這是什麼意思？」

「等時間到了，我們就去接元哉，然後帶他回家，直井先生可以先回家沒有關係。別擔心，我們會負責整理善後，也會把門關好。」

「不不不，」玲斗搖著手，「這可不行，在祈念結束之後，要確認很多事，更何況這是我的工作。」

「我知道，但今晚可不可以讓我們獨處？不用擔心，我們絕對不會帶來任何麻煩，我可以保證。」

藤岡的態度讓玲斗感到很不自然。他為什麼說這種話？玲斗納悶地看向冴子，發現她臉色鐵青，眼眶都紅了。

「似乎有什麼隱情，」玲斗降低聲調，「可以請你們告訴我嗎？」

「不，沒什麼隱情，我們只是想一家人獨處，今晚很特別，很希望只有我們家人……拜託了。」藤岡的語氣聽起來就像是在辯解，顯然在隱瞞什麼。

「針生小姐，」玲斗將視線移向冴子，「請問你們在想什麼？」

冴子看著玲斗，眼神中寫著猶豫，終於開口。

「不瞞你說——」

「不要說！」藤岡叫道，「妳不要多嘴，我們不是已經說好了嗎？」

「但是，我還沒有下定決心。」

「事到如今，妳怎麼突然說這種話？」藤岡不悅地說，「我們不是要做最為那孩子著想的事嗎？妳不是同意了？」

「但是……」冴子說完，咬著嘴唇，低下頭。

玲斗皺著眉頭。要做最為那孩子著想的事？那個孩子當然就是元哉，最為他著想的事是什麼？

「請你們告訴我，你們到底想做什麼？」玲斗問，「你們到底想對元哉做什麼？」

「我們不會做任何事，你不必擔心。」藤岡冷冷地說。他說話的語氣和剛才截然不同。

「如果你們不會做任何事，剛才的對話又是怎麼回事？為什麼想要把我打發走？請你解釋一下。」

藤岡把頭轉向一旁，嘆著氣。「我不可能告訴直井先生，你不要知道比較好。」

「你說我不要知道比較好，請問這句話是什麼意思？」

藤岡沒有回答，黯淡的雙眼看著牆壁。

玲斗走向冴子，低頭看著她問：

「請妳告訴我，為什麼我不要知道比較好？」

冴子的臉上帶著苦惱和猶豫，她的臉頰微微抽搐，嘴唇微微張開。「因為……會變成同罪。」

「冴子！」藤岡大叫起來。

「因為……」

「同罪？這句話是什麼意思？只要我知道了，就會變成同罪……」玲斗在重複這句話時，腦海中閃過一個念頭。他大力吸氣，輪流看著他們。「你們該不會、該不會打算讓元哉……」

藤岡緩緩轉向玲斗。

「如果樟樹的力量是真的，他現在應該沉浸在幸福的顛峰。他沉浸在至今為止的人生中，最美好日子的回憶——沉浸在朗讀會那一天的回憶之中。但是，如果他下次睡著，或是失去意識，那些回憶會從他的記憶中消失，想到他那時候的心情，我就心痛不已。元哉之前說，只要能夠再回味朗讀會的回憶，他就沒有任何遺憾了，死了也沒有關係。直井先生，希望你能夠瞭解，這就是答案。反正他已經不久人世，我希望那孩子人生最後的夜晚，也是他人生中最棒的夜晚。這是我身為父親，最後能夠為他做的事。請你睜一隻眼，閉一隻眼，拜託你了。」

藤岡合起雙手，忍著淚水努力懇求的表情中帶著痛苦和瘋狂。他們的意圖完全出乎玲斗的意料，他聽了之後，感到茫然的同時，腦袋深處一隅同時思考著，原來父母為了孩子，竟然會失去理智。

「你們想要殺了兒子嗎？」

藤岡搖搖頭。

「我們並不是殺他，只是讓他安詳地長眠。我不想讓他承受痛苦，只是為他注射藥劑而已，是讓他能夠平靜離開的藥劑。」

「你從哪裡拿到那種藥劑？」

「網路上……」

玲斗忍不住閉上眼睛。原來是安樂死的地下網站。這個世界上有太多協助他們變瘋狂的方法。

「我知道你想要說什麼，」藤岡說，「無論基於任何理由，都不可以奪走別人的生命，更何況是孩子，這種事不能原諒。這和安樂死的議題一樣，所以我做好了被懲罰的心理準備，要因此坐牢也無所謂。我希望那個孩子能夠帶著最幸福的心情離開這個世界。」

「離開這個世界……」玲斗看向冴子，「但是，元哉的媽媽……針生小姐還無法下定決心。」

「如果她不願意，就由我一個人動手，我會扛起所有的責任。」

「責任？我才不是因為這樣而猶豫！」冴子尖聲說道，瞪著藤岡。「我只是還不知道怎麼做，才是對那個孩子最好的安排。」

「妳不妨想一想他在明天之後，失去生命動力的心情，答案根本就很明顯。」

玲斗摸著額頭。他能夠理解藤岡的心情。雖然這種想法很扭曲，但這也許就是父母心。

但是，這種想法絕對不正確。要怎麼向他們說明呢？

這時，放在桌角的一幅畫映入玲斗的眼簾。那是『男孩和樟樹』的插畫草稿，雖然只是簡單的素描，但可以看出是故事的結尾，男孩準備踏上新的旅程那一幕。

玲斗看到那幅畫，腦海中浮現答案。

「你們是不是忘了重要的事？」玲斗說，「請你們回想一下繪本的主題，最重要的不是現在還活著這件事嗎？我相信你們在朗讀會時深受感動，既然這樣，就不需要為明天的元哉擔心。」

「明天的元哉就一無所有了，」藤岡搖搖頭，「天亮之後，他人生中最快樂的回憶也會消失不見。」

「既然這樣，只要再創造新的快樂給他就好。你為什麼認定今天晚上是元哉人生中最美好的日子？拜託你，請你不要想得這麼悲觀，我會幫你。我們一起努力，替元哉創造新的幸福回憶，請你重新考慮。」玲斗站在原地，深深地鞠躬。

沉默的時間流逝，玲斗並沒有改變姿勢。

「我也……」冴子開口，「我的意見和直井先生一樣……」

玲斗抬起頭，和紅著雙眼的冴子四目相對。

藤岡重重嘆息，用力揉著臉。「我是為元哉著想，才下定決心，並不是不負責任地提出這種想法。」

「我當然很清楚，」冴子說，「我知道你下這樣的決心很痛苦，所以我很猶豫，既然你下了這麼大的決心，我似乎也應該這麼做，但是剛才聽了直井先生說的話，還是覺得不該那麼做。就算他的記憶會持續消失，我們還是要努力帶給他快樂的時光，直到最後一刻。」

「我們帶給他的，未必都是快樂的時光，可能必須看到他受苦的樣子。」

「這樣也沒有關係，這是身為父母的義務，只有他自己能夠決定用什麼方式離開這個世界，不可以由父母代替他做出這樣的決定。」

藤岡雙手抱著頭沉默片刻，低喃著：「我並不認為這是正確的事，當然知道不可原諒，正因如此，才覺得必須由父母為他做這件事。」

藤岡費力擠出的這句話，在玲斗的內心激起悲傷。他知道藤岡深愛著元哉，才會下定這樣的決心，因此不願意說一些了無新意的指責。

「我沒有當過父母，沒資格說大話，但我想，還有其他只有父母能夠為他做到的事。我能夠理解你希望他在幸福的顛峰離開的心情，但我想還有其他方法。」

玲斗不知道藤岡是否被自己說服了，但是他沒有再反駁，只是抱著頭，一動不動。

玲斗回過神，發現已過半夜十二點。

「祈念差不多結束了，我們過去吧。」

三個人一起走出社務所，來到樟樹前，發現洞內一片漆黑。藤岡想要走過去，玲斗制止了他。

「我先去確認蠟燭的火是否完全熄滅，在此之前，請你們先在這裡等一下。」

玲斗要求他們留在原地後，拿著提燈，獨自走進樟樹內。

樹洞內仍然有燃燒蠟燭的味道，但燭台上的燭火已經熄滅。玲斗確認之後，看向輪椅，叫了一聲：

「元哉，怎麼樣？有沒有接收到意念？」

但是，他沒有聽到回答。玲斗很納悶，於是把提燈移到輪椅前。

元哉閉著眼睛，一動不動，嘴角帶著幸福的笑容。

玲斗感到背脊湧上一陣寒意。

「元哉。」他再度叫喚，但這次一樣，元哉完全沒有反應。他伸手一摸，發現元哉的身體已經變涼。

玲斗渾身無力，雙腿一軟，垂下頭。

「怎麼會這樣？」他不禁嘆息。

原本打算明天為元哉創造更美好的回憶，還想再和他聊《星際大戰》的話題，玲斗甚至刻苦鑽研，還看了動畫系列。

但是，但是……怎麼會這樣？

34

玲斗在車站前搭上公車，然後要在第三站下車。公車上沒什麼人，玲斗找了中間的單人座位坐下。

公車穿越一片住宅區，駛上一座小山。玲斗按了下車鈴，在目的地下車。

建築物就在眼前。玲斗深呼吸一次，走向大門。

大廳左側有一個接待櫃檯，一名身穿制服的女人坐在櫃檯前。玲斗點頭打招呼的同時走向她。「我是柳澤千舟的親人。」

女職員低頭看著手邊的電腦。

「柳澤女士目前並不在自己的房間。」

「她外出了嗎？」

「不，她似乎正在散步，可能在庭園裡。」

「散步……」

玲斗在面會登記簿上登記後，走進建築物內。白色走廊和牆壁都很新，看起來很乾淨。牆上掛著照片和繪畫，似乎都是入住者的作品。

八個月前，千舟住進這家安養院。她比較多份安養院的簡介後，挑選了這一家。玲斗沒有發表任何意見，之前來探視過千舟多次，這裡的照護體制很完善，服務不錯。房間都很乾淨，而且有廁所和浴室。雖然玲斗覺得房間稍微小了點，但千舟本人很滿意，因此玲斗當然沒有理由反對。

來到庭園，很快就看到千舟的身影。她獨自坐在長椅上，穿著一件淡紫色開襟衫，凝望著遠方。

「午安。」玲斗走過去向她打招呼，「身體都好嗎？」

「午安。」千舟緩緩轉頭看著他，打了招呼，表情很平靜。

玲斗放下背包，在她旁邊坐下。

「我今天帶了一件很棒的禮物給妳，」玲斗從背包中拿出一本書，「就是這個，終於完成了。」

那是《男孩和樟樹》的繪本。大場壯貴帶去參加朗讀會的女編輯說服出版社，正式出版了這本繪本。雖然印量並不多，但下週就可以在書店買到。封面上是女神和男孩相對的那一幕，這幅畫當然出自針生元哉之手。

千舟接過繪本後放在腿上，充滿憐愛地撫摸著。

「雖然來不及讓元哉看到有點遺憾，但我相信他在那個世界也會心滿意足，而且佑紀奈很高興。她似乎已經找到工作，我真心覺得實在太棒了。」

中里的預想沒錯，佑紀奈並沒有被起訴。久米田沒有被追究罪責，聽說是森部在檯面下搞定了這件事，只是不知道是真是假。

千舟沒有說話，繼續看著繪本。她的態度讓玲斗覺得有點不太對勁時，一名看起來像是職員的女人走過來。

「柳澤女士，有什麼好事發生嗎？」女人滿面笑容地問，「妳看起來心情很愉快。

咦？這本書哪裡來的？」

「這個啊，」千舟笑著雙手拿起繪本，「是這位書店店員送我的。」

玲斗大吃一驚，以為自己聽錯了。書店店員？千舟剛才的確這麼說。女職員似乎同樣意識到千舟的異常，但她不動聲色，用和剛才相同的語氣說：「是嗎？那真是太好了。」然後向玲斗輕輕點頭。

「真期待啊，不知道是什麼樣的故事。」千舟注視著繪本說，神情就像小女孩般純真。

玲斗努力忍著淚水說：「是很精采的故事。」

「這樣啊。」千舟開心地回答。

「以前，」玲斗深呼吸，「有一位女士，她面對眾多聽眾，朗讀了這本書，她的朗讀很精采，所有聽眾都深受感動。」

「這樣啊。」千舟點頭時身體跟著晃動，「原來是一本看了之後可以得到幸福的書。」

「沒錯。」玲斗用力地說，「是可以讓所有人都得到幸福的書，是世界上最精采的繪本。」

玲斗在心裡繼續說著。

千舟阿姨，那就是妳的故事——

春日
ハルヒブンコ
文庫

149

祈念之樹：守護之心

クスノキの女神

祈念之樹：守護之心/東野圭吾作；王蘊潔譯. -- 初版. -- 臺北市 : 春天出版國際文化有限公司, 2024.05
面 ; 公分. -- (春日文庫 ; 149)
譯自 : クスノキの女神
ISBN 978-957-741-862-3(平裝)

861.57 113005325

ISBN 978-957-741-862-3
Printed in Taiwan

作　　者　東野圭吾
譯　　者　王蘊潔
總 編 輯　莊宜勳
主　　編　鍾靈

出 版 者　春天出版國際文化有限公司
地　　址　台北市大安區忠孝東路4段303號4樓之1
電　　話　02-7733-4070
傳　　眞　02-7733-4069
E－mail　bookspring@bookspring.com.tw
網　　址　http://www.bookspring.com.tw
部 落 格　http://blog.pixnet.net/bookspring
郵政帳號　19705538
戶　　名　春天出版國際文化有限公司
法律顧問　蕭顯忠律師事務所
出版日期　二〇二四年五月初版

定　　價　470元

總 經 銷　楨德圖書事業有限公司
地　　址　新北市新店區中興路二段196號8樓
電　　話　02-8919-3186
傳　　眞　02-8914-5524
香港總代理　一代匯集
地　　址　九龍旺角塘尾道64號 龍駒企業大廈10 B&D室
電　　話　852-2783-8102
傳　　眞　852-2396-0050